阅读不息

坂本図書
SAKAMOTO LIBRARY

［日］坂本龙一 著
白荷 译

坂本龙一

湖南文艺出版社
·长沙·

推荐序：万物的声音

倘没有记错，那该是一册《道德经》和一本八大山人的画册。那是2020年春日，世界正变得面目全非，不可见的病毒激起可见的恐惧与猜忌，也催生出一种反思的渴望：怎样的生活才值得一过，人类与世界又该如何共存？

受朋友之托，送这两本书给坂本先生。我正受困于东京，他刚从美国归来，只做短暂停留。一年前，我们在纽约一晤。他用铁棒敲击街旁的垃圾桶，采集哈得孙河河水的声音，在半地下工作室回忆初听德彪西，这皆令人触动。但在论及夏目漱石、丸山真男时，他眼中闪现的光彩，令人印象尤深。

对我而言，坂本先生是谜一样的人物。是的，他是个天才音乐家，他创作的电子音乐、电影配乐早享誉世界。他同时又是观念的试验者、走上街头的抗议者。在过早开启的多姿多彩的人生中，他创造潮流，却游移在外；他介入时代，又有种超然姿态；他想象未来，并追寻过往。其俊美外形为此增添了新维度，似乎他天生适合作为精神象征，而非具体个人存在。偶尔，我觉他像是托尔金笔下的精灵国使者，无所不能又富于同情心，非凡却值得信赖。当他逐渐年老，头发银白，脸颊日渐消瘦，不停与癌症搏斗，一种新的智慧与镇定则随之而来。

我自卑于自己的耳朵，对于旋律、声音缺乏敏锐，觉得难以真正进入坂本先生的内心。或许，我也对他身上日渐散发出的禅宗式魅力稍感怀疑：真的存在一种如此简练的智慧吗？在这个人类日渐受困的世界，存在着这样一种轻盈吗？手上这两本书似又增加了这怀疑，老子的五千言，八大山人的挥毫，能在这个焦灼的时刻，提供怎样的帮助？

倘早读到这本《阅读不息》，这些疑虑或早散去，与坂本先生的交流，必更为流畅、延展。

他说，他喜欢直截了当的语句，远胜繁复、缜密的逻辑推断，老子想必可以轻易击中他的心；他说，八大山人吸引他，是因其画作中大胆的留白与空间，"不是填满留白，而是充分地利用空间，抑或是间隙与沉默"。

在这本阅读笔记中，音乐人的身份暂时退隐，坂本先生以一位求索者的面貌示人。他回忆法国新浪潮电影对他的影响，说大岛渚与其他电影导演不同，他不是画家，而是思想者，而侯孝贤对于台湾之影响，与夏目漱石不无相似。他说起漱石的小说中的梦幻感，"刹那为百年，百年亦为瞬间。梦没有线性时间结构，所有的事物都凝聚在了一起"。他着迷于生物学家的视角，"生命并非一个封闭的个体，而是始终在其内外部进行着流动的物质交换，并且还保持着一致性"。他被旅日学者费诺罗萨触动，后者发现"欧洲的语言失去了与自然之间原有的生动联系……在中国古代人创造的汉字中，这种联系仍然存在：与字母不同，汉字本身就包含了动态且富有诗意的绘画属性"。他也在哲学家九鬼周造身上发现东西方之冲突与共融,"他在贪婪地吸收当时最新的文化的同时,可能也对西方事物有一种强烈的逆反心理。这也许使他重新审视了自己的日本式的感性、文化和世界观"。在历史学家上田正昭的书中,他感到日本自以为是的优越感的可笑,"日本一直在朝鲜半岛、中国、俄罗斯的强烈影响下存在"。他甚至在人类学家詹姆斯·斯科特的书中发现了自己一直以来的信念,"在人类的发明中,国家是最糟糕的一项发明,而人类最早的环境破坏行为就是进行覆盖广阔土地面积的单一作物种植。国家掠夺了人民通过莫大的劳动创造出来的财富"……

不过,音乐人的敏锐从未消失。聆听声音是坂本先生通向世界的捷径,声音亦是一种隐喻。他鼓励人人"倾听风的声音、星星的声音、宇宙的声音,还有自己内心深处的声音"。在奥野健男的文艺评论中,他留意到边缘声音之重要,太宰治来自津轻的感受,反创造出普遍的现代性;

而约翰·凯奇的试验让他觉得，一切事物都寄宿着固有的精神，音乐意味着组织声音，人生常意味着聆听事物的声音。

这多样的兴趣背后，一条线索不断绷紧。或因死亡阴影的迫近，或来自病毒的压迫，以及常年思索，坂本先生对于时间产生了特别的执着。从物理学家到哲学家的眼中，他试图确认时间的非线性，它像是无边无际、不断蔓延的网络，昨日、今日与明日，总同时涌来。他焦虑于时间消逝，它像是被偷走了，而自己总处在过度的好奇心与有限时间的紧张中。

或正是这种紧张塑造了坂本先生。出生于战后日本的他，始终对个人自由有着过人的敏感，对于体制的力量，心怀警惕。所有时代、不同地域、多样的价值，都是对单一思想的解毒剂。这不变的问题意识与不断扩展的兴趣，构成了这本迷人的小书。它通往很多过去，也必将延向很多未来。

许知远

Contents
目录

罗伯特·布列松　　　　　2

夏目漱石　　　　　　　10

雅克·德里达　　　　　18

小津安二郎　　　　　　26

黑泽明　　　　　　　　34

大岛渚　　　　　　　　42

八大山人　　　　　　　50

李禹焕　　　　　　　　58

九鬼周造　　　　　　　66

欧内斯特·费诺罗萨　　74

福冈伸一　　　　　　　82

武满彻　　　　　　　　90

尼古拉·A. 涅夫斯基　　98

工藤进	106
安德烈·塔可夫斯基	114
桥元淳一郎	122
奥野健男	130
侯孝贤	138
杨德昌	146
中上健次	154
约翰·凯奇	162
上田正昭	170
卡洛·罗韦利	178
斋藤幸平	186
安富步	194
村上龙	202

今西锦司	210
米切尔·恩德	218
石川淳	226
乌苏比·萨科	234
藤原辰史	248
詹姆斯·C.斯科特	256
冈田晓生	264
丹尼尔·奎因	272
安彦良和	280
大仓源次郎	296
2023年的坂本图书	305
坂本龙一年表	337
后记	347

Robert Bresson
罗伯特·布列松

电影导演

1901—1999

罗伯特·布列松

我观看罗伯特·布列松导演的电影《巴尔塔扎尔的遭遇》，是在20世纪80年代初。我想当时看这部电影的原因似乎是安妮·维亚泽姆斯基主演，她之前出演过戈达尔导演的电影《中国姑娘》。我那时的观影印象是"有点难懂""节奏很慢"，不仅如此，电影中强烈的悲观主义讽刺基调，老实说也让我觉得"不太喜欢"。

那时我还没意识到，其实布列松的所有作品都非常出色[1]。给我震撼最大的是《圣女贞德的审判》。电影不是描绘贞德英勇抗敌的传奇故事，而是把重点放在了那之后的宗教审判上，以及她在无端罪名下受审的全过程。布列松的这部电影让我不得不去思考：什么是制定法律的力量？什么又是执行法律的力量？这里的力量就是暴力，以及这两种力量的本质。我也注意到法律的正当性会随着当权者恣意的权威而改变这一事实。在我心中，这部电影也许是和卡夫卡的《审判》、犹太裔德国思想家本雅明的《暴力批判》以及雅克·德里达的思想紧密相连的重要作品。

我个人最喜欢的布列松作品是《少女穆谢特》。作为主人公的少女被家庭和社会所疏远，最后选择了自杀。这是布列松作品所特有的残酷结局，分外令人痛心，但同时也让人不由得对少女主人公心生爱怜。《死囚越狱》讲述囚犯成功越狱，在布列松的作品中是唯一有救赎的故事。这部电影的影像非常出色，没有夸张的情感表现，而是追求极度"电影式"的表达，如手的形状、面部角度、光与影，如雕刻般隽永。在封闭的监狱世界中，唯一可以依靠的是声音，这也是一部关于声音的电影。而《很可能是魔鬼》也在另一层面上引人深思：电影的主题是环境破坏，它描绘的是世界末日来临的景象，无可救药的不仅仅是个人，还有整个人类，整个地球——电影中传达的这一信息给我留下了深刻的印象。而这竟是拍摄于20世纪70年代初的电影，从中可以看出布列松对人类命运的强烈忧虑。

布列松的作品通常抱持着极其悲观的视角，对人性充满了怀疑，总是结束于残酷和绝望之中。他的电影大多令人痛苦，所以我有很长一段时间都没有再看。但是他的著作《电影书写札记》记录了许多精彩的话语，将近20年来，我时常翻阅。

两年前，当我开始创作专辑《异步》（Async）时，出于某种原因，我重新观看了布列松的电影，并被其静态（static）的影像所吸引。布列松试图从零开始创造影像，极其排斥19世纪的做派和戏剧化的表现手法。而我在《异步》中试图尝试的便是抛弃传统的音乐形式和手法，从一个音开始创造时间的极简作曲方式。此时我才注意到，布列松的影像创作手法和我的如出一辙。

在《异步》完成时，我提出了"SN/M比

50%"[2]这一声音与音乐的比率。当然只有声音也挺好,但我仍然想要聆听音乐。用布列松的作品来类比的话,就是只有影像也挺好,但我仍然想要观赏电影。影像和电影是不同的。我认为布列松也是这么想的。有人可能会说,即使布列松声称拒绝戏剧化,他的电影中仍然有表演的存在。但布列松电影的意义与无视时间流逝的先锋电影大不相同,后者不过是停留在知觉层面的实验,而我也同样希望自己的音乐能够浸润人心。尽管音乐和电影的表现手法不同,但对我来说,布列松的静态表现,仍是某种意义上的楷模。

2018年5月号

《电影书写札记》

罗伯特·布列松著　松浦寿辉译　筑摩书房　1987年

> 布列松将"电影"称为"电影书写",制定了其独特的规范,持续进行电影制作,在25年中不断写下"我不接受拍摄非真实事物的电影。道具和职业演员都不是真实的""电影书写是由运动的图像和声音组成的写作,是一种创造新的语言的尝试"等影响了众多戏剧和电影理论的论述。他在激烈批评戏剧化、商业化影像的同时,也提出了更多影像的可能性。这本著作在今天也是一本值得不断阅读的视觉表达经典。

罗伯特·布列松：1901年出生于法国（1999年逝世）。作为画家和摄影师活动后，1943年首次执导电影《罪恶天使》。在威尼斯、戛纳等国际电影节上获奖无数。不起用职业演员，拥有排除情感表达等独特的电影风格。

1. 从布列松的长片导演处女作《罪恶天使》（1943年）到最后一部作品《钱》（1983年），40年里，他仅拍摄了13部长片电影，可以说是一位作品不多的导演。——原书编者注（后文注释若无特殊说明，均为原书编者注。）
2. 2017年3月，坂本龙一发行原创专辑《异步》。按照他本人"不想在发行日之前让任何人听到"的意愿，专辑在发行前未被透露任何内容。事先唯一披露的只有这个谜一般的暗号。推测S为Sound（声音），N为Noise（噪音），M为Music（音乐），但其含义至今仍未公开。

Soseki Natsume
夏目漱石

小说家

1867—1916

夏目漱石

目前,我和高谷史郎[1]先生一起制作的歌剧正在一步步进入完成阶段。在歌剧的制作过程中,我对夏目漱石的《草枕》和《梦十夜》深深着迷。我和高谷先生都想摆脱传统戏剧的线性结构,所以感觉这两部作品为我们的创作提供了重要的启发。

世人皆知漱石除了小说还写过和歌和俳句,但据说他还练习过撰写能乐的歌谣,《草枕》就是用世阿弥创立的梦幻能的结构写就的。9年前我发行的专辑 *Out of Noise* 里面的 *Hibari* 这首歌,其实就是取材于《草枕》一开头主人公在山路上行走,听到云雀(hibari)鸣叫的段落。此外,我极为钦佩的格伦·古尔德也很喜欢《草枕》这本小说。据说他在书页上勾画红蓝两种线条，思考了许多事情，想必应该是构思了类似广播剧或歌剧的东西。古尔德是一个逻辑性强，擅长思索架构的人，但也被《草枕》所吸引，说明他内心也有着对非线性事物的偏爱吧。

《梦十夜》里，我最喜欢的是第一夜。一位仿若故事主人公"我"的恋人的女性卧床不起，随后香消玉殒。她死后变成了白百合花，而"我"醒来发现已经过去了百年。正是一个关于梦境的故事。这个故事美到让我想直接把它改编成歌剧。死后变成植物轮回转生，也是生态系统的故事。刹那为百年，百年亦为瞬间。梦没有线性时间结构，所有的事物都凝聚在了一起。在这一点上，我觉得它和音乐也有着非常深刻的关联——或者说，我就是想创作这样的音乐。如果是按照因果逻辑、问题对应答案的线性方式编织故事，故事的时间便是线性的。在现实社会中，我们总是生活在这种时间之中，但是在梦和艺术中，这一切都会崩塌。弗洛伊德在某种意义上"发现"了梦，而超现实主义者挖掘出了梦这个宝库。一个像漱石这样极具逻辑性的人，会在梦中抛开逻辑，描绘出线性逻辑无法适用的世界——我喜爱《梦十夜》的理由真是数也数不清。

在我的人生中，让我购买过作品全集的作家只有两位，就是太宰治和漱石。上大学的时候，我打工存钱，在旧书店买下他们的作品全集，从头到尾通读了一遍。20世纪70年代，江藤淳和柄谷行人也写过关于漱石的评论。那时我读漱石的作品不仅是单纯地欣赏小说，更像在阅读一种思想，可能也因为我深受吉本隆明的影响。但是现在，我希望像欣赏山水画那样去对待漱石的作品。而同样地，在过去10年中，我也一直在研究能乐。其实我认为，布列松[2]导演的电影也与能有着某种联系，我还想要创作一部类似梦幻能的歌剧。

从近代到当代，笛卡尔式的机械唯物主义世界观占据了主导地位。例如，人们把生物也看作像汽车部件那样的集合体，从口中输入燃料，燃烧产生能量进行活动，部件坏了就去更换。我认为那是错误的，那应该只是出自人类自我臆测的世界观，而不是真实的状况。如柏拉图所说，真实存在的理念世界不可见，我们只能看到它的影子。不仅如此，人类总是迫不及待地想用语言表达一切，并且只用逻辑思维的方式思考。遗憾的是，人类就是这样的生物。但哲学家柏格森[3]和只关注昆虫的拉封丹都意识到了这一点，我认为塔可夫斯基也注意到了这些。他们意识到这个世界的真实状况并非由线性时间轴所串联，它更像是一个梦。我认为漱石也知道这一点。

2018年6月号

《草枕》

夏目漱石著　新潮文库

《文鸟·梦十夜》

夏目漱石著　新潮文库

(右) 一部在现代、过去和未来中穿梭的10个梦境故事作品，对漱石来说是少有的幻想小说。它以"我做了这样的梦"的开篇闻名，据说也启发了黑泽明导演的电影《梦》。该作品发表于1908年。

(左) 以日俄战争时期熊本县山区温泉旅店为背景，描写了身为主人公的年轻画家与一位神秘美女的交流。通过主人公的叙述，可以解读出漱石的艺术观与对战争的观点。该作品发表于1906年。

夏目漱石：1867年出生于东京（1916年逝世），小说家。毕业于东京帝国大学（现东京大学）英文系。自1905年发表首部长篇小说《我是猫》起，陆续发表了《少爷》《草枕》《三四郎》《从此以后》《行人》《心》等多部杰作。在写作《明暗》时辞世。

1. 1963年出生于奈良县，艺术家。擅长使用技术进行视觉表现。在参与艺术团体"蠢蛋一族"（Dumb Type）发表作品的同时，也发表个人作品。与坂本龙一合作的作品有《生命-井》（*Life-Well*）、《装置音乐2：你的时间》（*Is Your Time*）等。
2. 在本书第一节中提到的电影导演罗伯特·布列松，被坂本龙一评价为"没有戏剧化的情感表达，而是追求只能用'电影化'来描述的表现"。
3. 法国哲学家亨利·柏格森。其主要著作有《时间与自由意志》《物质与记忆》《创造进化论》等，探讨了哲学中关于时间、身心和生命的问题。获1927年诺贝尔文学奖。

Jacques Derrida
雅克·德里达

哲学家

1930—2004

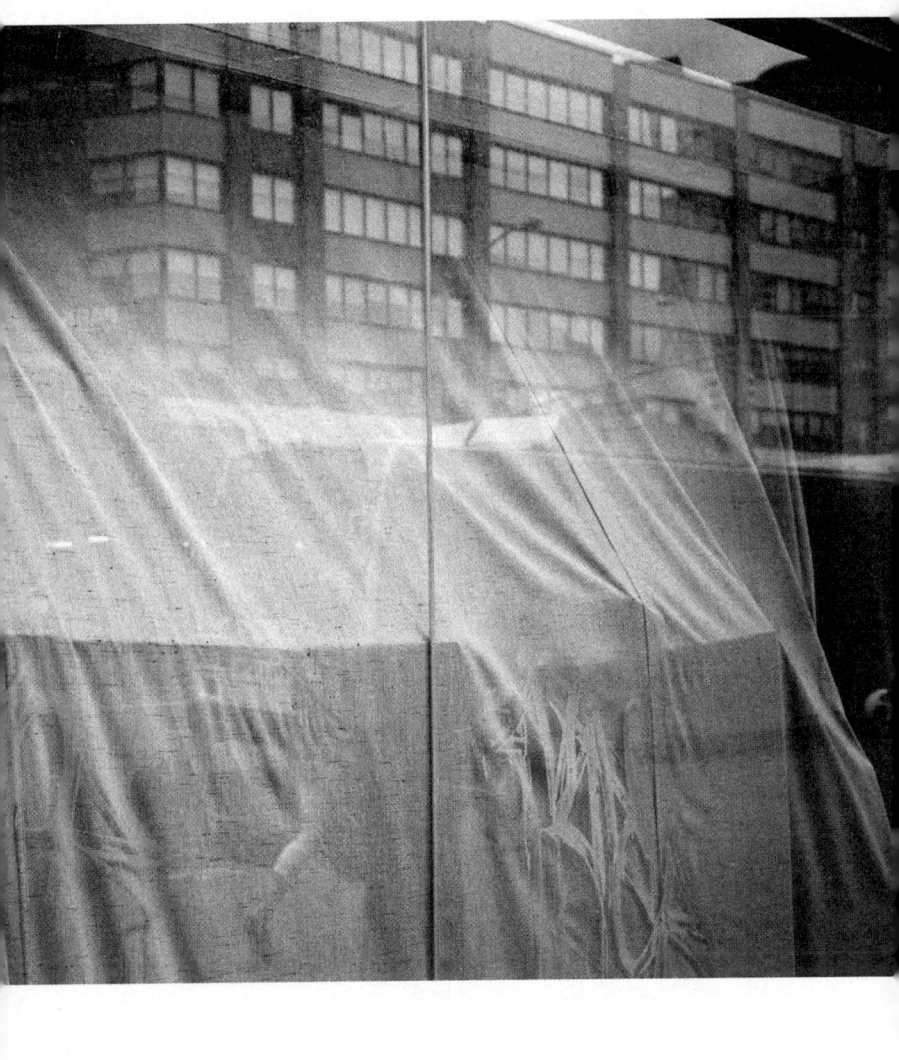

雅克·德里达

我原本就是当代法国哲学的忠实爱好者，时常阅读米歇尔·福柯和吉尔·德勒兹等人的著作。在法国哲学家里，有一位年纪稍轻的"解构主义"[1]大师雅克·德里达。我从20世纪70年代开始就对这位哲学家很感兴趣，但他的文章晦涩难懂，我一直无法完全理解。我不断地尝试阅读他的书，此间过了很长一段时间。2001年，我收到为美国女导演拍摄的纪录片《德里达》配乐的工作委托。虽然我很努力地想要理解德里达的哲学，但那时我还是没能真正地读懂，也不知道德里达那时是否听过我为他创作的音乐。

终于，理解德里达的契机来了。几年前，我观看了罗伯特·布列松导演的电影《圣女贞德的审判》[2]，并阅读了卡夫卡的《审判》[3]。这仅仅是我个人的想法：我认为这两部作品与德里达有关联。圣女贞德被指控煽动民众欺骗国王，在宗教审判中被裁判为女巫，遭受了火刑。但在25年后，宗教审判本身被认为是错误的，贞德后来也被封为圣人。这场审判本身受到了获胜方英格兰的意志影响，是预设结论的审判。卡夫卡的《审判》也与之类似，主人公在某天被指控犯有他本人也不知道的罪名，最后被处决。这两个故事共同涉及的问题是审判、审判所依据的法律，以及法律是由谁又是如何制定的。在当代民主制度中，由选民选出的国会议员制定法律，司法部门依据法律审判，行政部门执行法律。法律一旦制定，国民就必须遵守，不遵守就会受到惩罚。这两个故事中的人物都被他们自己无法理解的法律体系所审判、抹杀。

让我把这两个故事和德里达联系起来的，是瓦尔特·本雅明的《暴力批判》[4]。这是我从20世纪70年代开始就十分珍视的一篇只有30页左右的简短论文，但因为它极其晦涩，40多年来我都无法完全理解。有段时间，我下定决心要彻底理解它而又反复研读。制定法律的力量是什么？根据法律进行执行的力量又是什么？最后，我认为这些力量就是暴力。通常我们并不认为暴力制定了法律，但实际立法确是基于暴力，而执行法律当然也是基于暴力。本雅明在这篇论文中论述了两种暴力的存在。我之所以在几十年后重新下定决心读这篇文章，是因为当代社会已经进入了暴力的世界——也许就是从2001年的恐怖袭击开始的。不，就本质而言，人类历史可以说就是暴力的连锁。

为了更深入地理解国家、法律及其所基于的力量之间的关系，我开始阅读德里达的《法律的力量》一书。可以说，它就是《暴力批判》的参考书。我认为德里达在质疑国家这种形态、国家这种制度本身，以及国家奉为权威的法律中的暴力性。

我开始精读从20世纪70年代以来就已知晓

但从未仔细钻研过的德里达著作，是在特朗普竞选期间，因为我感到了有必要对人类的暴力性有更深入理解的危机感。过去我曾将德里达的著作视为时髦的哲学书去阅读，却被它狠狠地拒之门外，连切入点都没能找到。但当必须直面当今残酷和充满暴力的世界时，通过本雅明，我发现德里达的书其实非常容易理解。

我认为德里达的"解构主义"实际上就是"革命"。人们开始对日常生活中普遍存在的权威和歧视更加敏感，并质疑。在这样的时代里，德里达的书写尤为振聋发聩。

2018年7月号

《法律的力量》（新装版）
雅克·德里达著　坚田研一译　法政大学出版局

> 这是德里达的一本"政治哲学"著作，它揭示了法律/权利中的暴力性，认为正义是不可能实现之事物的体验，是一种解构。它明示了国家和权力的脆弱性，提及了纳粹法律暴力批判及对本雅明和海德格尔著作的论述，是德里达晚年的代表作。本书于1990年初版。

雅克·德里达：1930年出生于阿尔及利亚（2004年逝世），哲学家、解构主义大师。提出了对逻各斯中心主义的解构，在艺术理论、语言学、政治法哲学、建筑学等人文社会科学的广泛领域中都有独特见解。

1. 德里达的代名词性术语。解剖欧洲形而上学的二元对立思维方式，审视其要素并进行重构。在艺术领域也被广泛使用，并延伸到后现代主义和美国文学批评中。
2. 1962年的作品，将圣女贞德被审判的记载改编为了电影。没有描绘她作为法国救世主的形象，而是描绘她被定性为女巫，经受宗教审判，作为异端被施以火刑处死的景象。在本书第一节中有过介绍。
3. 弗兰茨·卡夫卡的长篇小说。卡夫卡生前未发表，辞世后于1927年发表。有多部电影改编版本，包括奥逊·威尔斯导演（1962年）和史蒂文·索德伯格导演（1991年）的著名版本。
4. 思想家、文学家瓦尔特·本雅明关于暴力、法律和法律正义的论文。可以在其论文集《暴力批判及其他十篇》（岩波文库）中找到该文及其他论文，如《译者的任务》和《认识论批判序言》。

Yasujiro Ozu

小津安二郎

电影导演

1903—1963

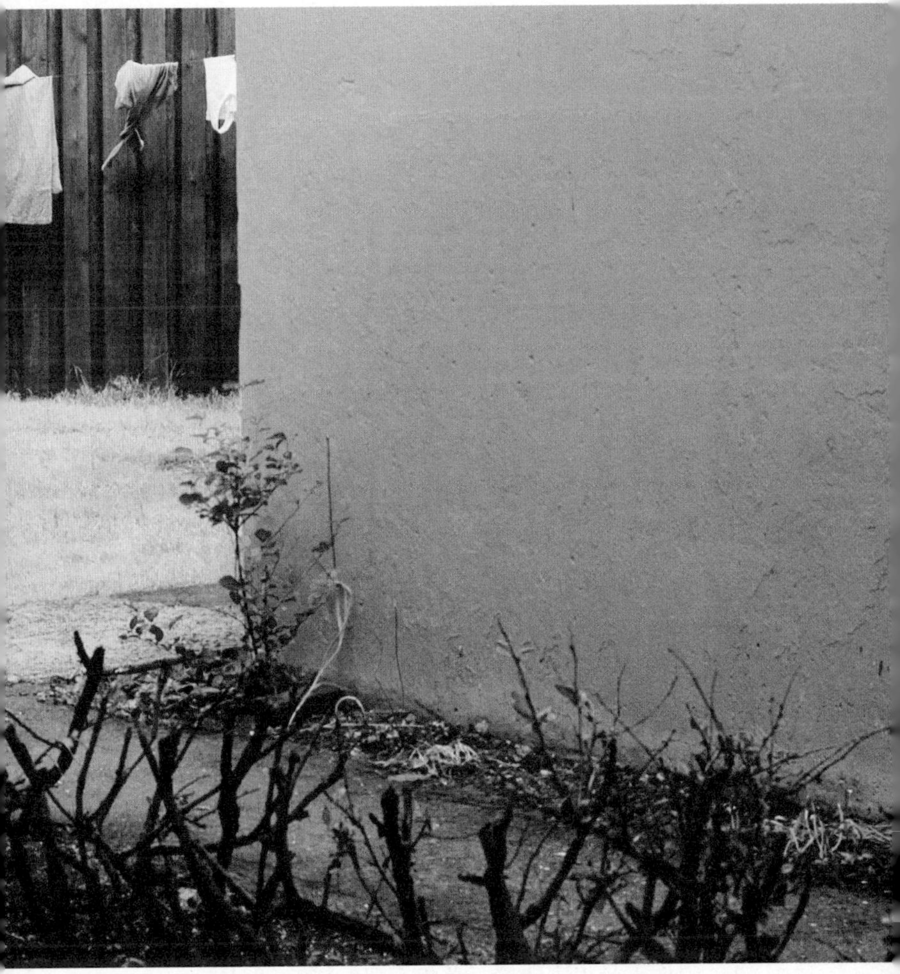

小津安二郎

小津安二郎的电影很像莫霍利-纳吉[1]的照片。我是在高中时有这样的想法的,那时候我喜欢上了新浪潮电影、安迪·沃霍尔和杜尚,以及包豪斯[2]。包豪斯有一位来自匈牙利的摄影师,名叫莫霍利-纳吉;当我看到他的作品时,我觉得它们和小津的电影风格很像。小津不就是包豪斯嘛——我感受到两者在极简和抽象构图上有高度近似的美学。从那时起,我就开始觉得小津的电影是艺术作品。

20世纪90年代,我在伦敦与武满彻[3]先生重逢。因为知道武满先生也非常喜欢小津,我对他说:"您不觉得小津就是莫霍利-纳吉吗?"他非常赞同:"没错!""那就是包豪斯!""构成主义！"我们意气相投，最后还兴奋地说："电影画面那么出色，为什么音乐却那么普通啊！""我们俩一起把所有的配乐都重写一遍吧！"但遗憾的是，这最终没能实现。现在我倒觉得没有实现也好。我认为黑泽明电影中的早坂文雄先生的配乐听起来有些稚拙，而小津电影中的音乐则是平庸的。但我现在认为小津是有意如此的。在那个时代，他本可以请像芥川也寸志或黛敏郎那样更前卫的作曲家来撰写配乐，但他刻意给自己的电影配置了平庸的音乐。诚然，那时人们观看小津的电影，更多的是当成一个全家团聚的娱乐活动，而非鉴赏艺术作品。但我想小津选择这样的音乐，应该源自他对电影整体统一性的考量。

小津电影中出现的那些烟囱、大厦、标志性的插入镜头，以及人们的位置和视线的方向，当然还有那些在家中拍摄的对称画面，我都感觉到它们与超现实主义、包豪斯、构成主义存在紧密的联系。这可能也是我会反复观看小津电影的原因之一。与执着于重复呈现家庭故事的故事情节相比，我更在意小津电影中的构图、氛围十足的连贯画面，有种像是在聆听极简音乐的舒适静谧。无论看多少次，它都像一本极致的摄影集，永不乏味。故事情节之外的构图本身就让我流眼泪。电影不是一幅画，也不是一本书。在电影所特有的延续性中，光与影交织，情感和音乐在其中流动。我由衷地热爱只有电影才能够描绘的情感和愉悦。

小津说："我是开豆腐店的，我只做豆腐。"意思是他没有什么要说的，也不想进行社会批判，只是在拍电影。然而，他却一直在描绘家庭的崩溃——这是二战后的日本的象征性景象。他并不言说这景象是悲哀的，也没有流泪，只是带着一种寂然接受的态度，平静地继续刻画下去。所以小津的电影没有说教的味道，有的只是接受现实。这很可能也是受到他本人的战争体验的重大影响。

小津的电影中很少出现与战争相关的画面，

但在《秋刀鱼之味》中，有一个驱逐舰的前舰长（笠智众饰）和下士官（加东大介饰）久别重逢的场景。这是酒吧女主人（岸田今日子饰）播放着军舰进行曲的时候，众人行军礼的有名场面。两人谈到了战争，舰长淡淡地说了一句"啊，我们输了真是太好了啊"。在这里，我们似乎难得地听到了小津本人的真心话。巧的是，《秋刀鱼之味》也是小津的遗作。

在小津的电影中，人们分离、死去，但仍然默默地接受着这些事实，日常生活继续。我们能隐隐听到隔壁传来孩子练琴的声音，风铃声响起，邻居在打招呼——这是战后日本人生活的声音风景。这是一个富有禅意、达观、寂然的世界，而小津位于镰仓的墓碑上，刻着一个"无"字。

2018年8月号

《我是开豆腐店的，我只做豆腐》

小津安二郎著　日本图书中心

电影导演小津安二郎关于自己一生和电影创作的随笔集。在随笔集中，读者能看到他一直在真挚地思索在自己的人生旅程中，何为电影，何为表现——甚至在发生激烈枪战的战场上，他依然在思考着表现的问题。书中也多处提及彼时的日本电影和演员，作为了解战后电影界和社会风俗的资料也弥足珍贵。同时书中还收录了他在战时从中国写给友人的信件，是深入理解小津安二郎其人的重要著作。

小津安二郎：1903年出生于东京（1963年逝世）。1927年以《忏悔之刃》开启导演生涯，创作了多部以二战前后的日本家庭为题材的作品。代表作有《东京物语》（1953年）、《秋刀鱼之味》（1962年）。他独特的低机位拍摄等风格在全球电影界有着重大影响。

1. 1895年出生于匈牙利（1946年逝世），摄影家、造型艺术家。参加前卫艺术运动后，1923年成为包豪斯的教授。1937年移居美国，在芝加哥创立了"新包豪斯"。
2. 1919年在德国中部魏玛建立的艺术学校，开展综合的设计、摄影、建筑等教育。1933年被纳粹关闭，但其影响力巨大，奠定了现代设计的基础。
3. 1930年出生于东京（1996年逝世），作曲家，以《弦乐安魂曲》名震世界。其前卫的音乐语言被称为"武满音"。另外还以创作电影配乐如黑泽明的《乱》而著称。

Akira Kurosawa
黑泽明

电影导演

1910—1998

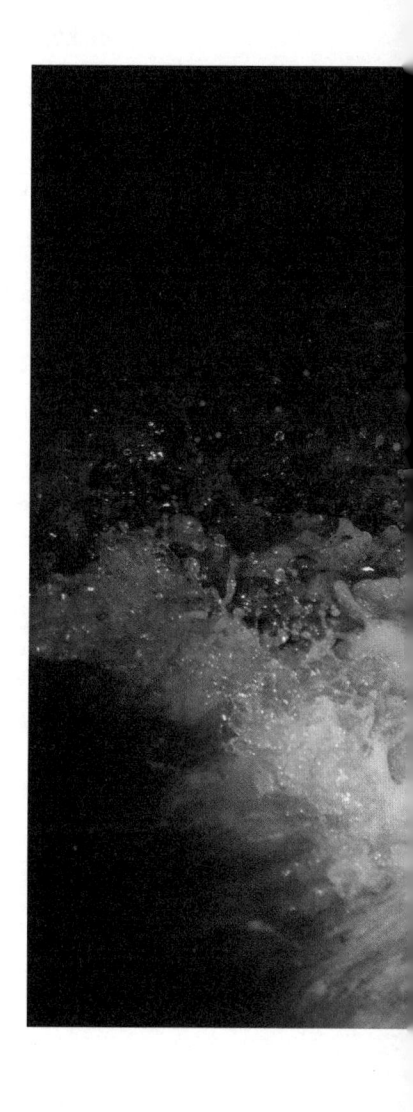

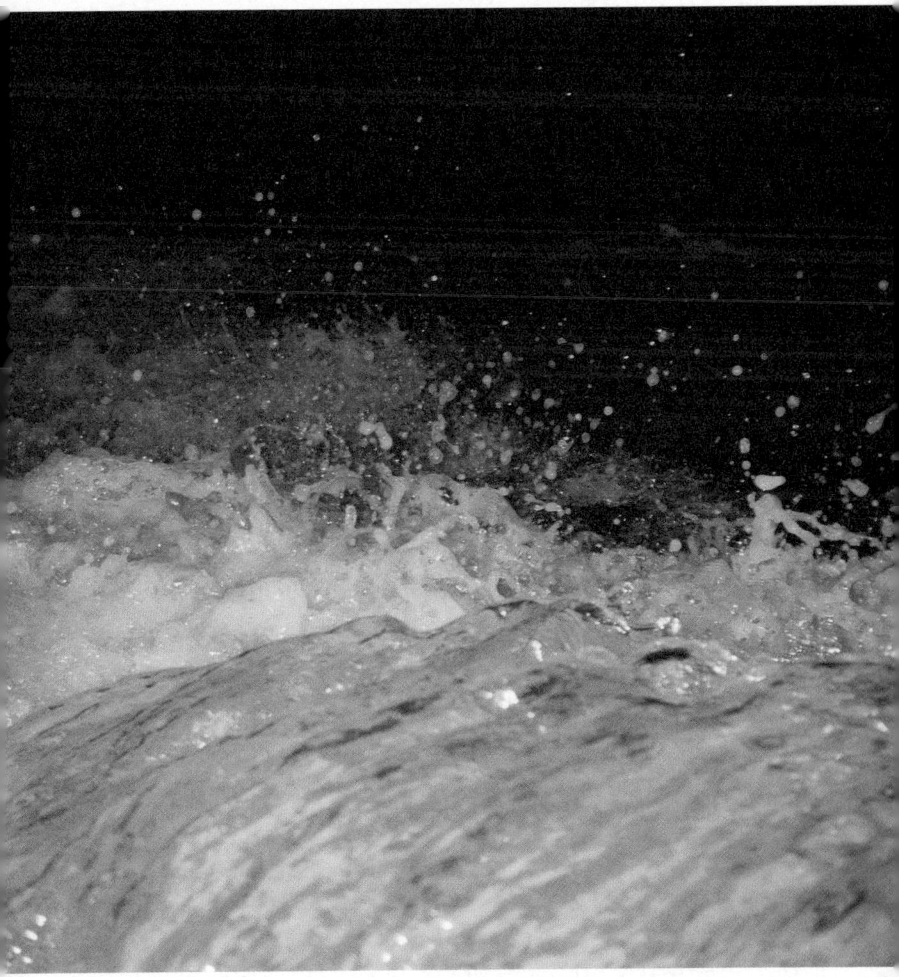

黑泽明

黑泽明原本想当画家。从《黑泽明全画集》中可以看出，他的电影分镜相当有力。那不仅仅是为拍摄而作的草图，我认为它与费里尼的分镜水准在伯仲之间。画面色彩丰富，又很有幽默感。他对构图的把握，或者说对"动作"的把握也很引人注目。当然，黑泽能做到动态地捕捉图像，这完全体现在他的电影作品之中。除了人物群体的形式和动态之外，他还能熟练地操纵摄影机去捕捉诸如雾气之类的自然现象，予以烘托，并将这些层次复杂的动作清晰地依照故事性需求加以构建。

在《乱》[1]中，黑泽明对影像的完美调度不仅包括数百名士兵和马，还包括雾和天气。三群士兵的铠甲、头盔和旗帜分别为红、黄、蓝三原色，三团颜色的不同人群从各个方向横冲直撞而来。这种动态的魄力就是黑泽作品的精髓吧。如此粗野直接地通过颜色和动作来完成影像的架构，让我联想到贝多芬的作曲方法。

与其说每一个片段都具有自身的魅力，不如说每个片段都被严格挑选，仔细配置，它们以动态的形式完全服务于整体结构。贝多芬在创作音乐的过程中，写了大量的草稿，并非为了某个旋律片段的动听，而是为了让这些片段成为推动质朴而宏大的作品整体的强大引擎，为此他不惜舍弃甜美的旋律。

在电影中，感情不必一定靠语言表达，也可以通过表情、音乐、时间流逝以及剪辑来表现。比如一个丧妻的男人沉默地坐着，下一个画面切到晴空万里——比起直接的哭喊，这样更能表达出切肤之痛。电影的剪辑可以唤醒深刻的感情。

但电影也有它的语言，语言用以表达思想。这种思想很棘手，有时我觉得黑泽作品的人文主义色彩太重，有说教的味道，似乎能听到剧中人指责"这样做真的能被原谅吗？"的心声。《生之欲》和《罗生门》最为明显，让我看得很辛苦。

在黑泽的电影中，《德尔苏·乌扎拉》[2]很特别。1971年，筹措电影的拍摄资金遇阻，黑泽试图自杀。之后他与苏联方合作拍摄了《德尔苏·乌扎拉》。主人公是西伯利亚的原住民，黑泽起用了真实的原住民演员，仔细描述了他们的价值观。在某个场景中，从都市里来的军人询问主人公在森林中留下一部分食物的意义，主人公解释是分给其他动物的。自杀未遂后，黑泽的想法是否发生了一些变化呢？

电影里原住民在森林中救助文明人的情节，被亚利桑德罗·冈萨雷斯·伊纳里图继承到了他的电影《荒野猎人》[3]中。伊纳里图非常尊敬黑泽明，所以我想这应该是直接受到了这部作品的影响。虽然黑泽并未将这个原住民题材发展下去，但他在《梦》中对钚污染的描写，也反映了他对人类机械文明的深刻忧虑。我想之前提到的他的电影中有些过头的人文主义，应该也是出于他有这种忧虑之心吧。

在世界舞台活跃的日本创作者中，毫无疑问最有名的就是黑泽明。提到日本人，就会立刻联想到黑泽明——这是多么了不起的事啊！然而《德尔苏·乌扎拉》是与苏联方合作拍摄的，《影武者》的拍摄受到了乔治·卢卡斯和弗朗西斯·科波拉的援助，《乱》的拍摄得到法国方的帮助。日本最伟大的电影工作者，不，应该说是二战后日本最大的功臣黑泽明，却无法得到日本这个国家为他提供的创作环境，实在是令人扼腕叹息。

2018年9月号

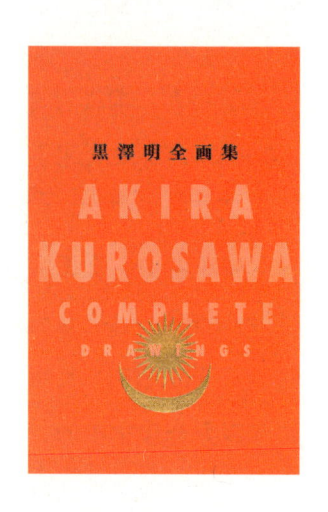

《黑泽明全画集》

黑泽明画/著　黑泽制作公司监修　小学馆

收录了黑泽明约2000幅与其电影作品同样备受国际赞赏的分镜图和速写。按照电影《影武者》《乱》《梦》等作品的剧本顺序展示，还首次出版了《飞翔》《美好的梦》等未拍摄作品的分镜图，以及以画作形式创作的自然风景、寺庙、佛像等作品。汇集了电影大师黑泽明众多鲜明生动的画作，不仅能让电影迷们一饱眼福，作为艺术画册也同样具有欣赏价值。

黑泽明：1910年出生于东京（1998年逝世）。1943年以电影《姿三四郎》开始执导生涯，其后创作了《罗生门》《生之欲》《七武士》等30余部作品。曾获奥斯卡金像奖和多个国际电影节大奖。其独创的拍摄手法和影像美学对全球电影界影响深远。

1. 1985年上映，改编自莎士比亚四大悲剧之一的《李尔王》，融入毛利元就"三支箭"故事元素，也是黑泽明导演的最后一部古装电影。由参演《七武士》出道的仲代达矢主演。获得奥斯卡最佳服装设计奖。
2. 1975年上映，电影由苏联方出资，在西伯利亚的大自然中拍摄，是黑泽电影中的特色作品。按季节顺序进行拍摄，真实重现洪水场面，以及使用真实原住民演员，都充分体现出黑泽的考究精神。获奥斯卡最佳外语片奖和莫斯科国际电影节大奖。
3. 2015年上映，由亚利桑德罗·冈萨雷斯·伊纳里图执导，根据美国西部开拓时期真实人物半生创作。由莱昂纳多·迪卡普里奥饰演主人公，电影描绘其在大自然中的艰难生存。获奥斯卡最佳导演、最佳男主角和最佳摄影奖。

Nagisa Oshima
大岛渚

电影导演
1932—2013

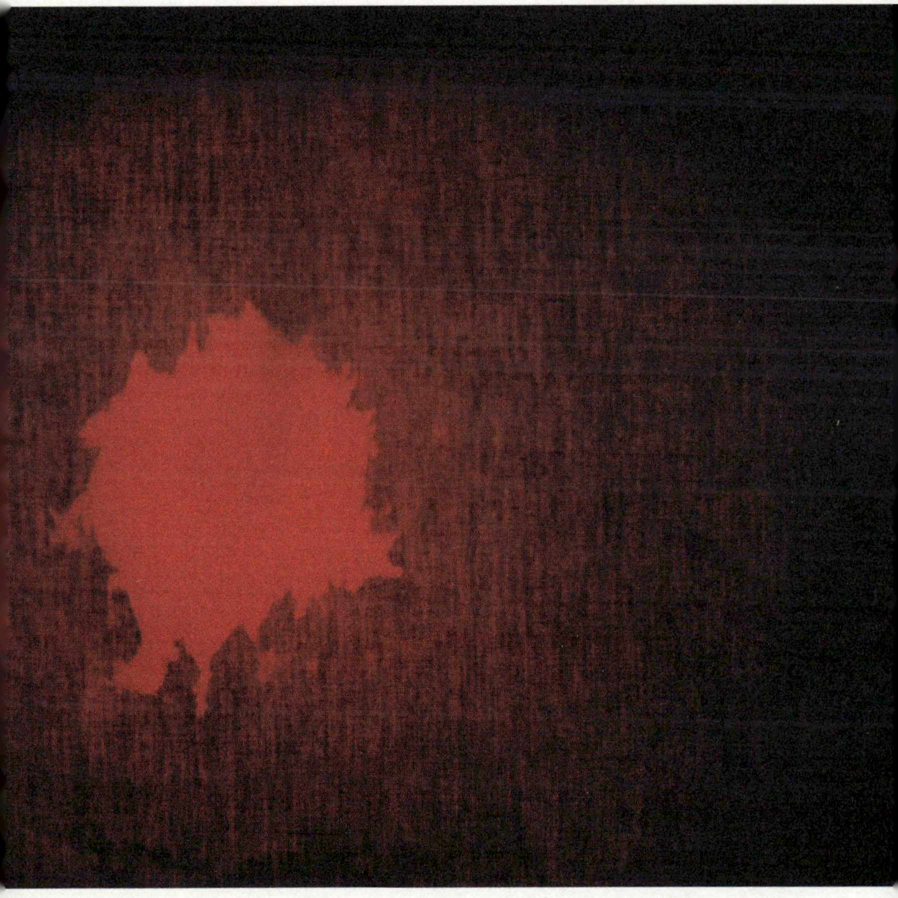

大岛渚

1967年，新宿是日本亚文化的中心。我在世田谷区的乡下念完小学和初中，上了高中才打开新奇世界的大门，整天都在新宿闲逛，流连于爵士乐咖啡店、书店和电影院。有一天，我在新宿文化影院无意中观看了大岛渚导演的电影《日本春歌考》[1]。电影中满屏的日章旗和吉田日出子鲜明的形象让我印象深刻。与大岛作品的"邂逅"给我带来了极大的冲击。在强烈的兴趣驱使下，我想要再了解更多他的作品。接下来我观看的是《日本的夜与雾》[2]。全片都很黑暗，只给人学生一直在讨论的印象，让我想到了埴谷雄高的小说《死灵》。戈达尔说"新浪潮始于大岛的《青春残酷物语》[3]"，我其实有点摸不着头脑。但毫无疑问的是，大岛渚后来的《被迫情死的日本之夏》《绞死刑》《少年》等影片的确给我带来了影响。

其中我最喜欢的是《新宿小偷日记》[4]。就像看到自己的日常情形一般，影片中的人物、风景、设定和剪辑，都让我觉得非常真实。在某种意义上，我认为很多电影导演都是"画家"，但大岛导演不是"画家"，而是以电影导演的身份呈现着思想家或思考者的面相。这很少见。

之后我还观看了《夏之妹》，但对《感官世界》《爱的亡灵》有些敬而远之。就在那时，《圣诞快乐，劳伦斯先生》的制作方给我发来了工作邀约。几天后，大岛导演亲自带着剧本来见我。虽然那时候我没有任何表演和电影配乐制作经验，但我还是在应承出演之前问导演："可以让我来制作电影音乐吗？"没想到他立即答应了："好啊。"现在回想起来，我也纳闷当时为什么脱口而出这个问题，很是不可思议。

大岛导演在拍摄现场与传闻中一样，常常

生气呵斥，面色冷峻。他重视即兴发挥，不论是北野武、大卫·鲍伊还是我，都不是专业演员；他不喜欢戏剧化的演员动作，彩排和拍摄次数都很少，且乐于吸收演员的想法。在配乐方面，他也给了我百分之百的自由裁量权。正如他所说："我的工作是敲定作曲家，作曲是你的工作。"——当他在回答我"好啊"的时候，他的那部分工作就完成了。电影制作完成后，我发现自己撰写的配乐全都原封不动地被放进了电影里。他还非常乐见拍摄现场发生意外事件，《圣诞快乐，劳伦斯先生》中我与大卫·鲍伊亲吻面颊的那场戏就是典型。当时拍摄的画面有点跳帧，断断续续的，但大岛导演对这个天降偶然简直欣喜若狂。这场被贝纳尔多·贝托鲁奇誉为"电影史上最美"的爱情戏，就源于他的即兴导演风格。

在《圣诞快乐，劳伦斯先生》完成之后，他原本计划拍摄关于早川雪洲的电影，想必是对在海外崭露头角的日本人抱有很强的兴趣吧。大岛导演也找过我主演这部电影，但在开机前，他病倒了，最终没能完成这部电影。他后来努力地疗养，以执导《御法度》成功复出。这部电影的题材是少年的同性之爱。说起来《圣诞快乐，劳伦斯先生》也是LGBT[5]题材的电影。虽然表现风格不同，但大岛导演在《御法度》这部遗作中，以从日本平安时代以来就被视为至纯之爱的少年爱的形式，探讨国家、集体、暴力与性等他一贯关注的话题，这与他早期的作品思想是贯通的。《御法度》拍摄现场的氛围很特别，我想或许大家都在表达对大岛导演最后的致敬吧。

从16岁在新宿第一次"邂逅"开始，我和大岛导演就一直保持着缘分。之后因为他的介绍，我在戛纳电影节上认识了贝托鲁奇，之后实现了三次与贝托鲁奇的合作。这也都得益于大岛导演。

2018年10月号

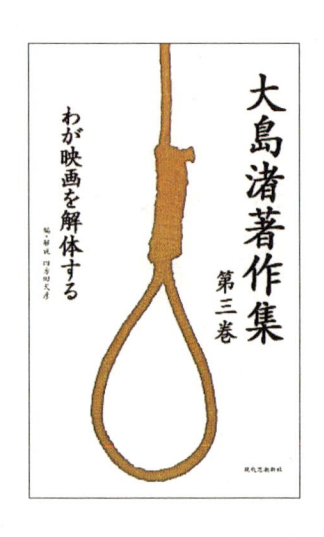

《大岛渚著作集（第三卷）：解体我的电影》

大岛渚著　四方田犬彦、平泽刚编　现代思潮新社

以大岛导演的著述为基础，由四方田犬彦和平泽刚编辑的《大岛渚著作集》全四卷之一。第三卷收录了大岛渚本人对《爱与希望之街》《御法度》等24部导演作品的辛辣评价，并首次收录了未发表的黑社会题材电影《日本黑幕》的剧本。坂本先生的藏书中也有许多大岛渚的著作，他曾说："我认为大岛导演在面对社会问题时，不仅通过电影，也通过写作和出演电视节目来表达自己的观点。"

大岛渚：1932年出生于京都府（2013年逝世）。1959年以《爱与希望之街》开启电影导演生涯。他执导的《爱的亡灵》曾获戛纳国际电影节最佳导演奖。此外，《青春残酷物语》《感官世界》《圣诞快乐，劳伦斯先生》等作品以大胆的表现风格在日本国内外也备受好评。

1. 1967年上映，通过歌曲表达赴东京考大学的男女对立价值观的青春电影。电影的声音为后期录制，对白、歌曲与音乐的蒙太奇非常出彩。
2. 1960年上映，以安保斗争与学生运动为题材，政治色彩浓厚，上映四天即被撤片。真实而又张力十足的演讲镜头在当时成为话题。
3. 1960年上映，讲述年轻男女走向自我毁灭的故事，表现手法过激。该作品孕育出了"松竹新浪潮"一词，票房也大获成功，是大岛导演的成名作。
4. 1969年上映，主人公因在书店偷窃，被牵涉进新宿混乱的世界。采用了纪录片式的拍摄手法，登场人物和店铺都使用了实名。
5. LGBT，指性少数群体。——编者注

Bādàshānrén
八大山人
画家
1626—1705

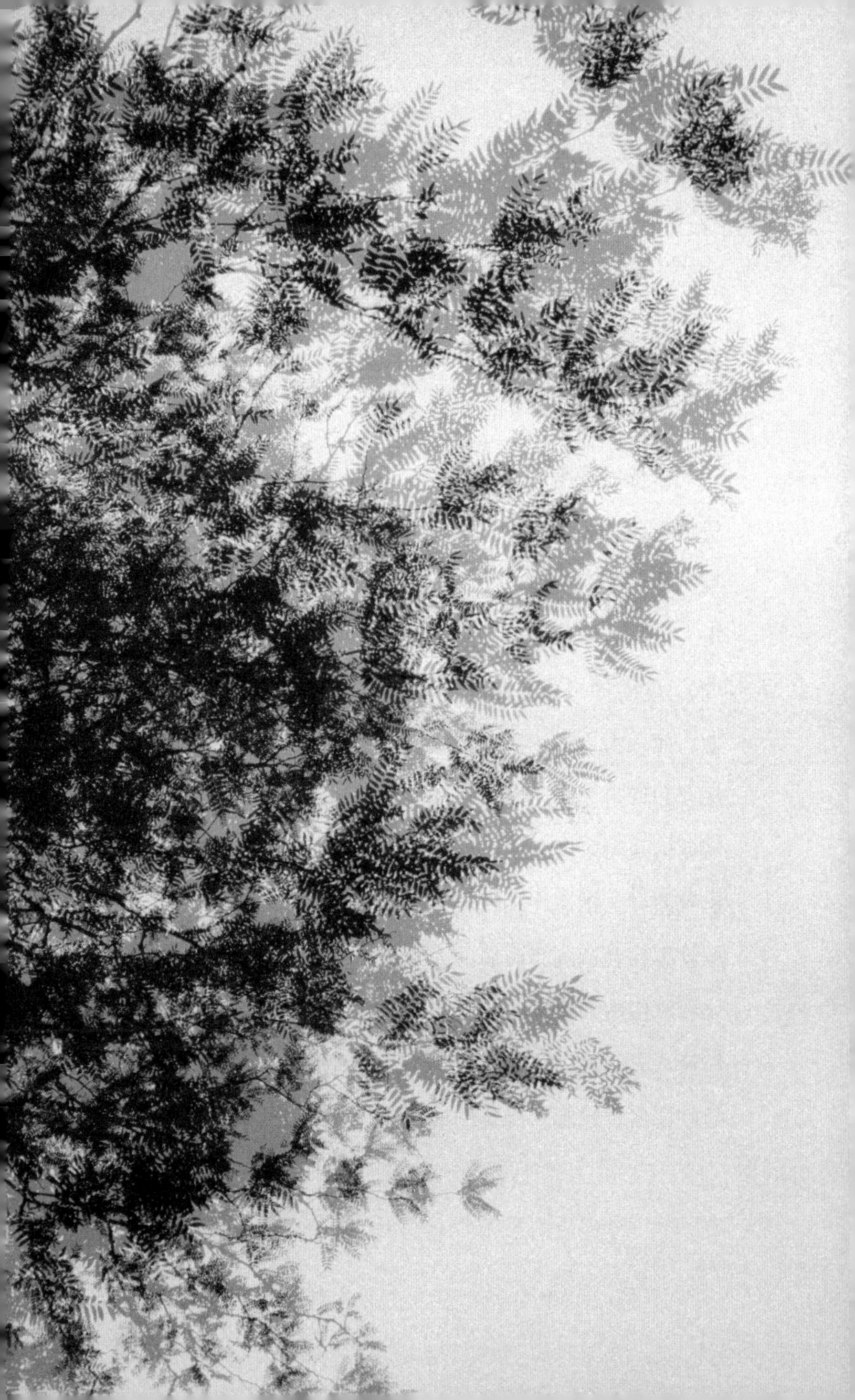

八大山人

以前我不喜欢书画古董，一直觉得那是富贵闲人花费闲暇和金钱去追求的东西。直到后来有一次，我通过李禹焕[1]先生的书了解到了八大山人。我负责原声音乐制作的韩国电影《南汉山城》[2]描绘的是中华帝国从明朝向清朝转变的时期，而八大山人正是生活在那个时代的画家、书法家和诗人。由于汉族建立的明朝和满族建立的清朝的统治阶层分属不同民族，因此语言和风俗也有差异。据说在朝代更替时，不仅皇位继承人及其家族会遭到当政者的大量屠杀，连带传承文化和风俗的知识分子也会受到牵连。明朝的皇室后裔八大山人为了躲避清朝朝廷的追捕，不得不隐姓埋名，过起了漫长的逃亡生活。这也是山人的生卒年月存在许多谜团的原因。为了生存，他被迫不断更换自己的名字，据说他的书画签名因此多达40余种。但即便是逃到乡下，天才的名声也很快泄露，富商们纷纷前来求购书画，这导致清朝官员也知晓了他的行踪，迫使他不得不再次改变居所。从大约20岁时开始逃亡，直到快80岁，他便是在这样颠沛流离的生活中留下了许多作品。

八大山人吸引我的是其画作中极致的抽象性。大胆的留白和空间、细腻的线条、有限的色彩——八大山人的画为我此刻的音乐创作提供了巨大的灵感。不是填满留白，而是充分地利用空间，抑或是间隙与沉默。如音色变化般的墨色浓淡，树枝、树叶的形态，及至绝非凭借几何学的计算所能够得出的笔触，都让我对他作品的抽象性感到大开眼界。自从接触到八大山人以后，我便对中国的书画产生了兴趣，但在几千年的历史中，我怀疑是否还有别人达到了这等程度的极简主义。中国有一个词叫"笔简形具"，即"笔法简洁而形态完备",有人说这就是中国书画的理想状态。八大山人应该就是达到了这种"笔简形具"境界的人之一吧。他躲避清朝朝廷的追捕,隐居山中,时而化身僧侣,时而化身道士,不断改变自己的身份和名字,达到"笔简形具"的境界。这无疑是对清朝的强烈恨意所转化而来的强大能量。然而,这非比寻常的能量究竟是如何化为那终极的极简主义的呢?我想山人的情感和思维过程,是外人难以揣测的。

我有些向往山人的生活。住在破旧的寺院中,生活贫困,对穿着不拘小节,喜欢喝酒,是像武侠电影中的道士那样的存在。他经历了严酷的人生,一直保持着坚定的意志,为了达到极致的境界而竭尽全力。我不想轻率地使用像"共鸣"这样的词,但我真的非常希望自己也能保持那种不屈的信念。

说起破旧的寺院,我会想到白南准[3]的家。我30多岁的时候,在20世纪80年代的一个冬天,第一次访问了他位于纽约索霍(Soho)区默瑟街的现在依旧在使用的工作室。工作室在建筑物的顶层，屋顶上有一个大洞。洗手间是露天的，只有透明的塑料薄膜围绕着那个区域。适逢雪花从天花板的洞中飘下，我们看着这样的景象，一边喝酒一边聊天。我想白南准是现代的道家艺术家。道教是一种利用自然的神秘力量，探索自然的奥秘，近似万物有灵论的宗教。我想白南准在创作以科技为基础的影像艺术作品的同时，一直保持着非常具有欧亚大陆特色的道教精神。

当我思考八大山人的生存之道时，我是通过白南准和李先生来考虑的。我感觉到他们有种共通之处——那似乎是一种道教的感性，但不知为何它却没有在日本扎根。

2018年11月号

《八大山人（人与艺术）》

周士心著　足立丰编译　二玄社

生活于明末清初，在20岁左右逃离朝廷，隐姓埋名，一生中多达40次改变名号的遗民画家八大山人。本书是对八大山人全集《八大山人及其艺术》的翻译和解读。书末附有译者新编的诗选和年谱。在迄今为止的研究文献中，这是了解八大山人的最佳读本之一。本书收录了大量插图和图版。

八大山人：1626年出生于中国（1705年逝世，说法诸多），清初的遗民画家（此处的遗民画家是指对前朝仍然保持忠诚的画家）。出身于明朝王室，明亡后出家为僧，拥有众多弟子，后来疯癫（也有说法是装疯），还俗，度过了沉溺于书画的一生。在绘制花卉、山水等题材作品时，不受传统束缚，确立了独特而丰富的画风。

1. 1936年出生于韩国，以日本和巴黎为据点，活跃于国际舞台之上的美术家。从20世纪60年代后半期开始主导引领了当代美术潮流的"物派"思想，对日本的当代美术界产生了巨大影响。
2. 2017年（韩国）上映，以清朝1636年入侵并制服朝鲜的"丙子之役"为题材进行描绘，是坂本龙一首次担任音乐制作工作的韩国电影。
3. 1932年出生（2006年逝世），被誉为"影像艺术之父"的现代艺术家。20世纪50年代赴日，进入东京大学留学。毕业后参与了国际艺术运动"激浪"（Fluxus），于1963年发表了世界上首部影像艺术作品。

Lee Ufan
李禹焕
艺术家
1936—

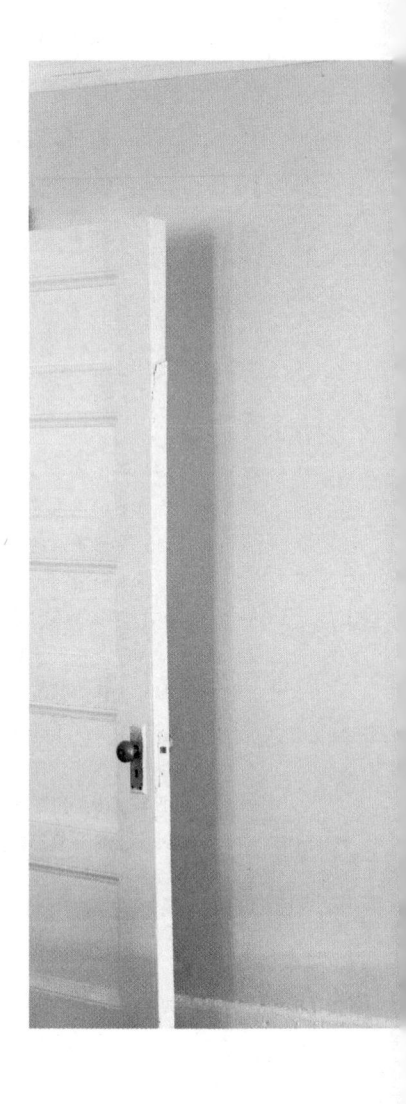

李禹焕

在我进入东京艺术大学念书的时候，"物派"[1]是当时最新的美术运动。李禹焕先生是其中的核心人物。虽然长久以来"物派"一直在我的脑海中占有一席之地，但在我开始制作专辑《异步》[2]时，我对其产生了强烈的兴趣，去翻阅李先生的书籍，并从中获得了巨大的启发。当你带着某个课题去研究的时候，之前看不见的东西会变得清晰可见——我想每个人都会有这样的经验吧。对我来说，便是如此。这个启发就是"余白"。正如书名《余白的艺术》所直接表达的，李先生追求"余白"已经几十年了。《异步》这张专辑，我就像是在一块白色的画布上打上一个点、画上一条线一样着手制作，我感觉到在那之中有一些与李先生的艺术创作强烈共振的东西。

在现代艺术领域，许多人认为艺术家构建个体内部的宇宙，而艺术表现就是将个人的内在观念呈现出来，但我对此持保留意见。20世纪初的马塞尔·杜尚[3]的艺术作品就开启了对这个观点的否定。比如那个著名的小便池。那并不是杜尚内在观念的象征，而只是将已存在的物品安置于画廊之中，这恰恰是对现代艺术的否定。我们不是在窥视杜尚观念的一部分，而是在直接面对与外部现实的关系。外部，换句话说也可以被称作"余白"。

在音乐领域，欧洲的艺术家长期以来一直在封闭的时间之内安排音色和音符，目标是创造具有稳固结构的乐曲。引入不可计算的"偏差"或无声的"余白"是欧洲音乐没有的概念。即使到了现在，仍有许多人试图用音符填满声音空间的每一个缝隙。无论是流行音乐还是摇滚乐都一样，这样的音乐没有"余白"。

此刻，我认为"余白"更为重要。外部，即自然。现代文明一直在从自然中提取玻璃、石头、铁、木等材料，按照人类的意愿塑形、堆叠，构建合理的结构。按照人类的思想和概念构建的东西被视为具有文明性，而自然仅仅被看作材料，或者在经济系统中仅作为创造财富的资源。然而，我们目睹了海啸这样由巨大的自然力量摧毁文明的事实。"3·11"东日本大地震所引发的海啸和随后我个人的患癌经历，加速了我的这种想法。自然总会对人类的傲慢和暴行施以报复。我想我的身体就是于我而言最亲近的自然；也就是说，身体也是"余白"。

在专辑《异步》中，我以声音和音乐各占50%的寓意，写下了"SN/M比50%"的信息。自然中充满了声音。下雨、刮风、狗吠都会发出声音。但仅仅将它们排列在一起，并不构成音乐，而"想要创作音乐"的艺术追求就是在这时诞生的。"艺术"（art）这个词来源于拉丁语"ars"，在日文中被翻译为"技艺"。《异步》

就是在自然的外部性即"余白"与人类的技艺各占50%的基础上被制作出来的一张专辑。

李先生的作品总是使用自然中的物品。他会把河边的石头和铁板放在一起，或者在玻璃上落下石头使其破碎。通过自然的"余白"、人类的躯体，以及技艺之间的复杂对话，李先生的艺术得以成立。我之所以能够直面自己的身体，怀揣着切实的课题，并了解"余白"的重要性，无疑都是拜一直在践行这些理论的李先生所赐。

2018年12月号

《余白的艺术》

李禹焕著　美篶书房

李禹焕是自20世纪60年代末至70年代初期对日本现代美术史产生巨大影响的艺术家，此后他在各国举办展览，获得世界文化奖绘画部门的奖项等，赢得了全世界范围内的高度评价。这本书涵盖了他对自身的艺术创作的解说，对现代美术的旗手如格哈德·里希特、若林奋等艺术家的评论，以及对事物与言语、自身与外部世界的界限的理解等内容。这本书整理了李禹焕在1967年至1970年出版之前的期间内所写的文章，可以了解到他在艺术创作中的思考和逸事。

李禹焕： 1936年出生于韩国。他致力于使用自然材料和人造物品等"物品"创作艺术作品，是现代艺术流派"物派"的中心人物。他活跃于日本国内外，在包括古根海姆美术馆、凡尔赛宫花园等地举办过个展。

1. 从20世纪60年代末到70年代初期，处理并展示石头、铁、玻璃等几乎未经加工的"物品"，探索现代艺术中物与人、空间的关系性的现代艺术流派。
2. 2017年坂本龙一时隔8年发表的原创专辑。收录的音乐作品中收集了环境音等不具有规则节奏的声音，以及展现"非同步"概念的乐曲。
3. 1887年出生（1968年逝世），艺术家。其作品涉及概念艺术、达达主义、装置艺术与科学引入等领域，是奠定当代艺术基石的重要人物之一。

Shuzo Kuki
九鬼周造

哲学家
1888—1941

九鬼周造

音乐是只能在时间中存在的"时间艺术"。为了寻找思考这个"时间"的线索,我开始阅读海德格尔[1]的《存在与时间》。接下来,作为这本难解著作的参考书,我又邂逅了受海德格尔影响的哲学家九鬼周造的书。九鬼在德国师从海德格尔后,又在法国受教于柏格森,这些经历在日本人里实属罕见。我在思考关于这两位哲学家的问题时,会去参考九鬼的著作。

九鬼曾两度留学于欧洲。结束了首次为期8年的留学后,他回日本写了《意气的构造》。这很有意思。不仅是对欧洲哲学,他还对音乐、绘画、诗歌、舞台艺术等艺术形式都有着深刻的理解力和感受能力。比如,他准确地评价了在当时还可以称之为前卫的德彪西的音乐：他以独特的时间视角，论述德彪西的音乐的特征是东方的、日本的。像这样，他在贪婪地吸收当时最新的文化的同时，可能也对西方事物有一种强烈的逆反心理。这也许使他重新审视了自己的日本式的感性、文化和世界观。九鬼的处女作竟是在返回日本之前用法语写就，并在异乡法国出版的《时间论及其他两篇》。九鬼和柏格森一样，是一位终生执着于"时间"的哲学家。

在西方，自牛顿以来，或者更早来说从亚里士多德以来，人们一直以数学的方式看待时间，认为时间是被分割的点，无数的点排列成线。这条线从无限的过去延伸到无限的未来，均匀地延伸，并且是从过去向未来单向前进，绝不会逆行。而且宇宙中的任何地方都适用这个原则，这仿佛约定俗成。在现代都市生活中，所有的约定和科学技术都是在这个原则上建立的，人们甚至难以想象有与之不同的时间概念。

然而，在创作音乐的过程中，我逐渐对这种

均匀的点集合、单向前进的时间概念感到不适。因此,我开始贪婪地寻求古今中外关于时间的不同看法、感受、哲学和考察。随着时间的推移,我了解到在历史上,在不同文化中,人们对时间有着各异的理解方式。即使是在西方哲学中,时间是什么、空间是什么也一直是核心议题。但是这些问题的答案至今尚未有定论。

如果过去、现在、未来都是可以相互交换的点,那么应该存在于一瞬之前的过去,会在现在的哪个位置呢?而本应该存在的未来又在哪里呢?作为点的现在,它有多长?它是确定的吗?它是因人而异的吗?它在宇宙之中的每个地方都是一样长的吗?——一旦开始思考时间,就会涌出连续不断的问题。

在《时间论及其他两篇》中,九鬼提出了与西方直线式的时间观念相对的东方式的环状的时间观。确实,在以农耕为基础的亚洲文明中,循环的时间观念并不奇怪。即便进入了21世纪,我们每年仍然会在年尾举行忘年会,在元旦吃年糕。在那个年代，亚洲的存在感还很薄弱，其世界观也不为欧洲广泛所知，所以环状的时间论可能在某种程度上产生了冲击力。

然而，仅仅将环状的时间与线性的时间对立起来，就能解开时间所带来的种种谜团吗？我对此表示怀疑。我是否需要建立我自己的时间观呢？基于那种时间观的音乐，会发出什么样的声音呢？我对时间的探索才刚刚开始。

2019年1月号

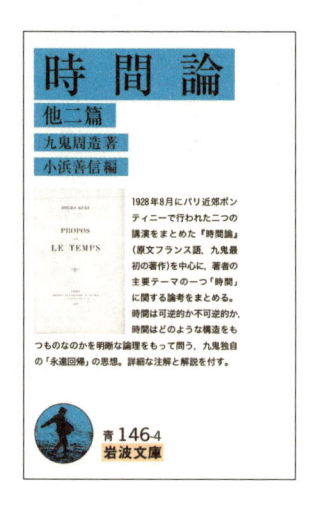

《时间论及其他两篇》

九鬼周造著　小浜善信编　岩波文库

> 九鬼周造的首部著作。围绕在巴黎进行的两场演讲，这本书汇集了九鬼关于"时间"这一主题的主要论文。书中详细注解了九鬼独特的思想，例如使用短歌、俳句、音乐、绘画等文学艺术作品来探讨"日本艺术中对于无限的表达"，以及通过文学来揭示时间结构的"文学形而上学"。这本书以清晰的逻辑探讨了时间的结构和本质。

九鬼周造：1888年出生于东京（1941年逝世）。在欧洲留学期间，师从海德格尔、柏格森等人。他是一位在深层次上理解西方哲学与日本文化的稀有哲学家，著有《意气的构造》等作品。

1. 马丁·海德格尔（1889—1976），哲学家。其著作《存在与时间》被誉为20世纪最伟大的哲学书之一，对世界各国的哲学家和思想家产生了巨大影响。

Ernest Francisco Fenollosa
欧内斯特·费诺罗萨

艺术史学家

1853—1908

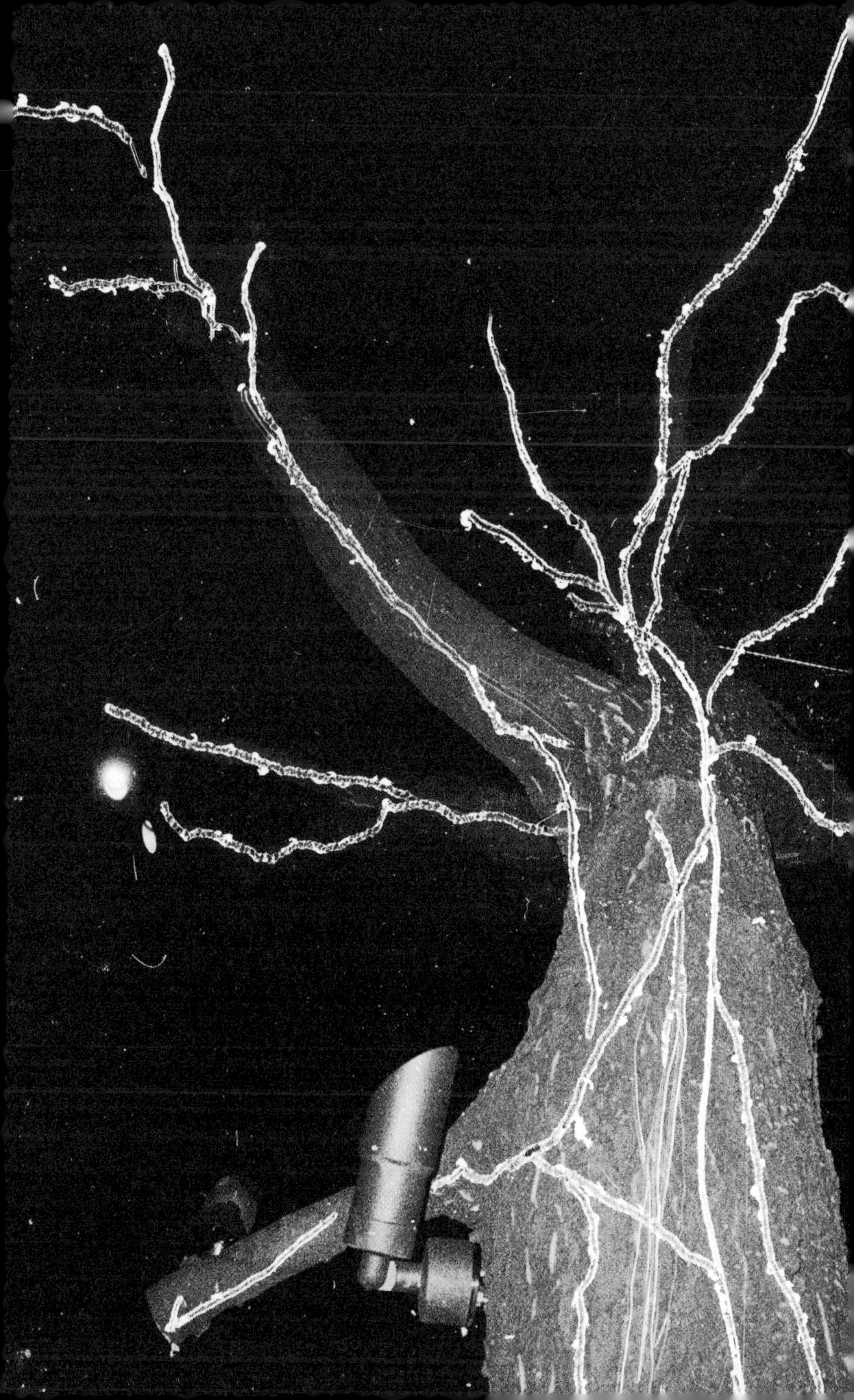

欧内斯特·费诺罗萨

在我的书架上，有不少我多年都只看着书脊，但某天突然开始阅读的书。费诺罗萨的《作为诗的媒介的汉字考》就是这样一本书。这是一篇不到50页的小论文，探讨了中国诗歌、日本汉诗、汉字文字系统的本质，即使现在阅读，仍然充满启示，我认为作者的洞察中蕴含着巨大的创造潜力。

这本书在费诺罗萨死后，以手稿的形式由费诺罗萨夫人传给了诗人埃兹拉·庞德[1]，随后对创作了20世纪代表性现代诗《荒原》的作者T. S.艾略特[2]、威廉·巴特勒·叶芝[3]、詹姆斯·乔伊斯及二战后的垮掉派等产生了巨大的影响。也就是说，如果没有费诺罗萨对汉字的这番考察，现代诗可能会有很大的变化。庞德从读到《作为诗的媒介的汉字考》开始，终生尊敬费诺罗萨，并持续致力于编纂他的其他遗稿。此外，庞德本人也学习了汉字的读写，在翻译中国诗歌的同时，也将汉字融入自己的诗作。有趣的是，庞德虽未曾来过日本，却与当时的日本诗人有交流，特别是可以称之为日本现代主义诗歌领军人物的北园克卫[4]，两人之间有过大量的书信往来。

费诺罗萨感觉到欧洲的语言失去了与自然之间原有的生动联系，但他发现在中国古代人创造的汉字中，这种联系仍然存在：与字母不同，汉字本身就包含了动态且富有诗意的绘画属性。汉字在拥有语言本应具有的分节功能的同时，也以视觉形式展现了自然中存在的事物与人的动态关系。例如"有"这个汉字，它描绘了一个人想要从月亮上来抓取某物的样子，动作、运动、状态变化、连续性都蕴含在一个字中。状态变成了形状，捕捉这个动作的画面成了文字。如果要用英语表达同样的含义，就必须排列主语、谓语、介词、形容词、宾语等来说明。像庞德如此富有成就的诗人，对于一个字所表达的动态信息和由此体现的两种语言的根本差异，肯定感到极为震惊。

在欧洲，以及现当代的世界，将所有事物进行细微分化以便捉摸的思考方式已经占据主导地位。假设面前有一个称为物体X的东西，人类会无意识地将它分开理解，并予以命名。比如说，圆的东西是头，脸上的两个黑色东西是眼睛，等等。在西方，这种做法被极端推崇，但是在自然界中，原本不存在如此被区隔森严的物体。一切都是相互连接、相互影响的——这样的看法在东方自古以来就不胜枚举。将其思想化，甚至提升到宗教层面的，便是道教或禅宗吧。在不做分化的事物观中，也就没有了自身与对象的区别。没有主体与客体。这也可以说是无心，或者说是无私。打破语言性的、分化性的思考，实际上是禅修行中的一个重要过程。对我这样在探索如何创作不被分化的音乐的人来说，这是一个相当大的启发。

最后，费诺罗萨指出，古代汉字的音，不是在现代的中国，而是在日本的汉字音读中留下了更多的痕迹。虽然我不知道这在学术上是否正确，但他能感受到传到日本的汉字发音中所蕴含的动态和富有诗意的表现，这让我深深感慨。另外，通过费诺罗萨和庞德的影响，对日本能剧有所了解的叶芝，受能剧的影响编写了独特的舞台作品，我想这也是一个不容忽视的影响关系。

2019年2月号

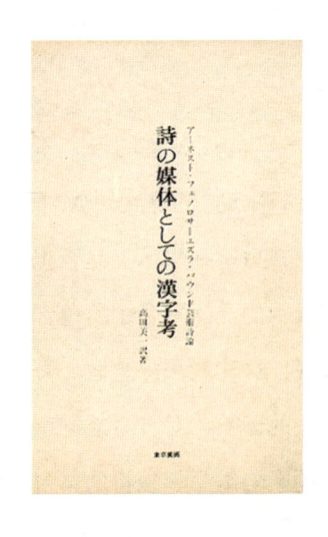

《作为诗的媒介的汉字考》

欧内斯特·费诺罗萨、埃兹拉·庞德著　高田美一译著　东京美术

费诺罗萨自1878年来日后，很快被日本传统美术的美感所吸引，开始收集和保存古美术品，并进行研究，同时深化了与文人、美术家、思想家们的交流。他随后继续研究东方美术、哲学和文学，并发表了多部关于东方研究的著作。在本书中，他与庞德共同论述了英语和其他欧洲语言等主要由主语和谓语构成的语言，与使用汉字的中文和日文等语言存在的思维方式的差异。

欧内斯特·费诺罗萨：1853年出生于美国（1908年逝世）。深深倾倒于日本传统美术，与冈仓天心等人一起将日本古美术品的魅力介绍到了日本国内外，被誉为"日本美术的恩人"。

1. 1885年出生于美国（1972年逝世），诗人、批评家，著有《诗章》等作品。与科克托、斯特拉文斯基等人有过交流，成为"失落的一代"的中心人物。
2. 1888年出生于美国（1965年逝世），英国诗人、剧作家、批评家，著有《荒原》等作品。后来倾向于创作宗教诗，并发表了作品《四个四重奏》，被视为现代诗剧的创作先驱。
3. 1865年出生于爱尔兰（1939年逝世），诗人、剧作家，英国神秘主义秘密组织"黄金黎明团"成员，受能剧影响撰写了戏剧《鹰之井畔》。
4. 1902年出生于三重县（1978年逝世），诗人、摄影师、设计师，著有《单调的空间》等作品。因其具有视觉性的诗歌表现受到好评，成为具象诗（concrete poetry）运动的中心人物。

Shinichi Fukuoka
福冈伸一
生物学家
1959—

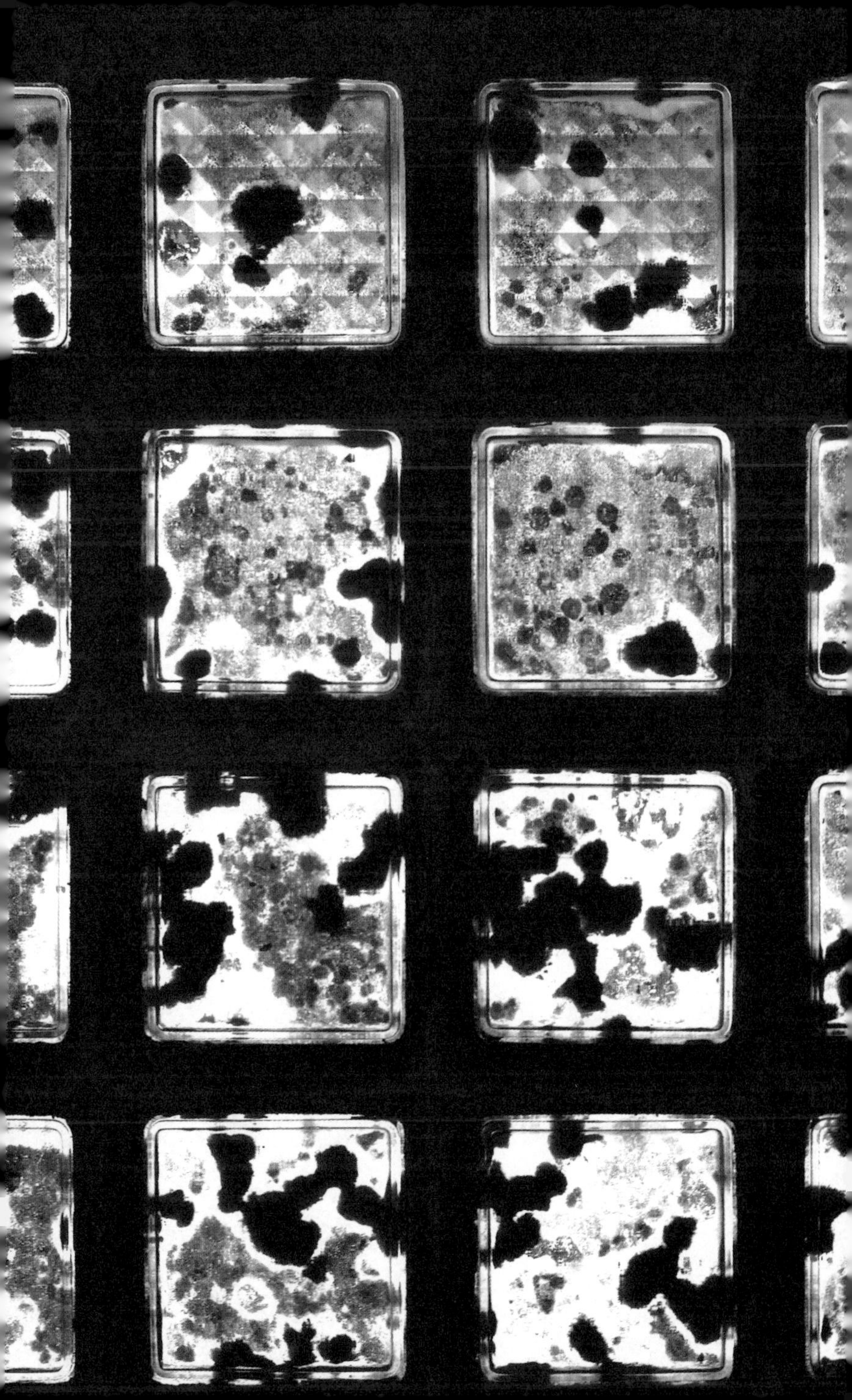

福冈伸一

　　分子生物学者福冈伸一先生提出，生命并非一个封闭的个体，而是始终在其内外部进行着流动的物质交换，并且还保持着一致性，他将这种状态称为"动态平衡"[1]。例如，名为坂本龙一的个体，在两年后，其细胞几乎完全被不同的细胞所替换，但我们仍然称其为坂本龙一，这是由个体所具有的DNA信息和人们的记忆所决定的。记忆是很不可思议的。我们的大脑并不像仓库一样，存储着某些东西，每次需要的时候就将其取出来——这一点我们只要稍微思考一下就能发现。事实上，人脑中并没有存储任何气味或亲人的图像。当我们每次回想时，某个时刻，某种状态下的神经传递网络导线被触发，大脑尝试重复播放出这些信息。然而,导线配置的错误或重播过程中的错误是在所难免的,承担这些任务的神经细胞也在不断地更替,因此我们经常会发生记忆错误或误解。

正如福冈先生所说,如果生命作为个体并不是封闭的,那么简单粗暴地将自己与他人、主体与客体等进行区分就是不合理的。比如说,我们的肠道中栖息着一千多种不同的肠道菌群,它们进行着各种各样的活动,并与我们的生活息息相关。也就是说,我们自己就是一个多种生物共生体。

乍看之下,人类的身体似乎是由皮肤界定内外部的,但如果更细致地观察,就会发现物质的循环即使在皮肤表面也在不断进行,并不能轻易地严格界定哪里是界限。如果从原子级别看,界限根本就不存在。我们的身体始终有外界物质流入和流出。这样想来,个体的概念在很大程度上是基于言语性的、观念性的,是被简化了的东西。世界的实相是流动且相连的,无法用线去划分。

那么,机械性的生命观念是从何时开始出现的呢?人们常追溯至笛卡尔的世界观,但这种观念的源头可能更为古老。将生命视为机械,如果某个部件坏了,只需要用同样规格的部件替换,就能再次运作,只要从外部注入能量作为动力即可。简单来说,这样的生命观在近现代变得十分主流,这也可以被称为还原主义[2]。近代科学正是依靠还原主义得到了显著发展,我们的生活也因此变得方便。但这样就行了吗?真的是这样的吗?这就是自然的真相吗?这些疑问一直萦绕在我的脑海中。如果生命是像旋涡一样,是一种具有流动性的动态系统的话,那么它应该与那些顽固不变、铜墙铁壁、将内外部甚至部件之间都进行清晰划分的机械有着极大的不同。

当读到《福冈伸一读西田哲学:思索生命之旅》时,我发现赫拉克利特[3]留下的"逻各斯"和"自然"两个词在其中扮演了重要的角色。"逻各斯"是指逻辑或语言,是对事情进行区分和思考的过程；而"自然"则是指自然本身。物理学的英文"physics"源自古希腊语中的"自然"一词，本来是不分割世界的"自然学"，但不知从何时起开始朝逻各斯方向发展。在现代，生活的每一个角落都在逻各斯化、人工化，要感受到自然十分困难。但即使生活在人造环境中，我们的身体仍然是自然的。

我希望能创作出非逻各斯化的自然音乐。然而其实我已经做了几十年靠分割才得以成立的音乐。以音高和时间为坐标的乐谱，正是逻各斯式的。我非常喜爱并尊敬巴赫，但他也是逻各斯式的人。而此刻，我想要创作不以时间为刻度，而是依赖于我自己肉体感觉的自然音乐。

2019年3月号

《福冈伸一读西田哲学：思索生命之旅》

池田善昭、福冈伸一著　明石书店

本书是生物学家福冈伸一在西田哲学的继承者——哲学家池田善昭的指导下，阅读哲学家西田几多郎的独创性哲学——西田哲学的记录。在这本书中，两位作者感受到了福冈先生提出的生命学与西田哲学之间存在的共通之处，通过西田哲学，来探讨"生命是什么"。书中收录了两位作者一年间的对话、稿件和往来邮件。

福冈伸一：1959年出生于东京，生物学家、青山学院大学教授、美国洛克菲勒大学客座教授。在科学类书籍中罕有的销量超过80万册的畅销书《生物与无生物之间》和《动态平衡》等著作中提出了关于"生命是什么"的问题。

1. 福冈伸一主张的生命观。生命即在其组成要素不断分解与合成的过程中，其平衡始终得以保持的一种范式。
2. 将复杂整体分解成基本要素，通过理解这些最小单位的要素，并重新组合它们来解释原本的复杂整体的方法。
3. 活跃于公元前6世纪至5世纪的自然哲学家，提出了"万物流转"思想，即这个世界在不断变化中持续流转。

Toru Takemitsu
武满彻
作曲家
1930—1996

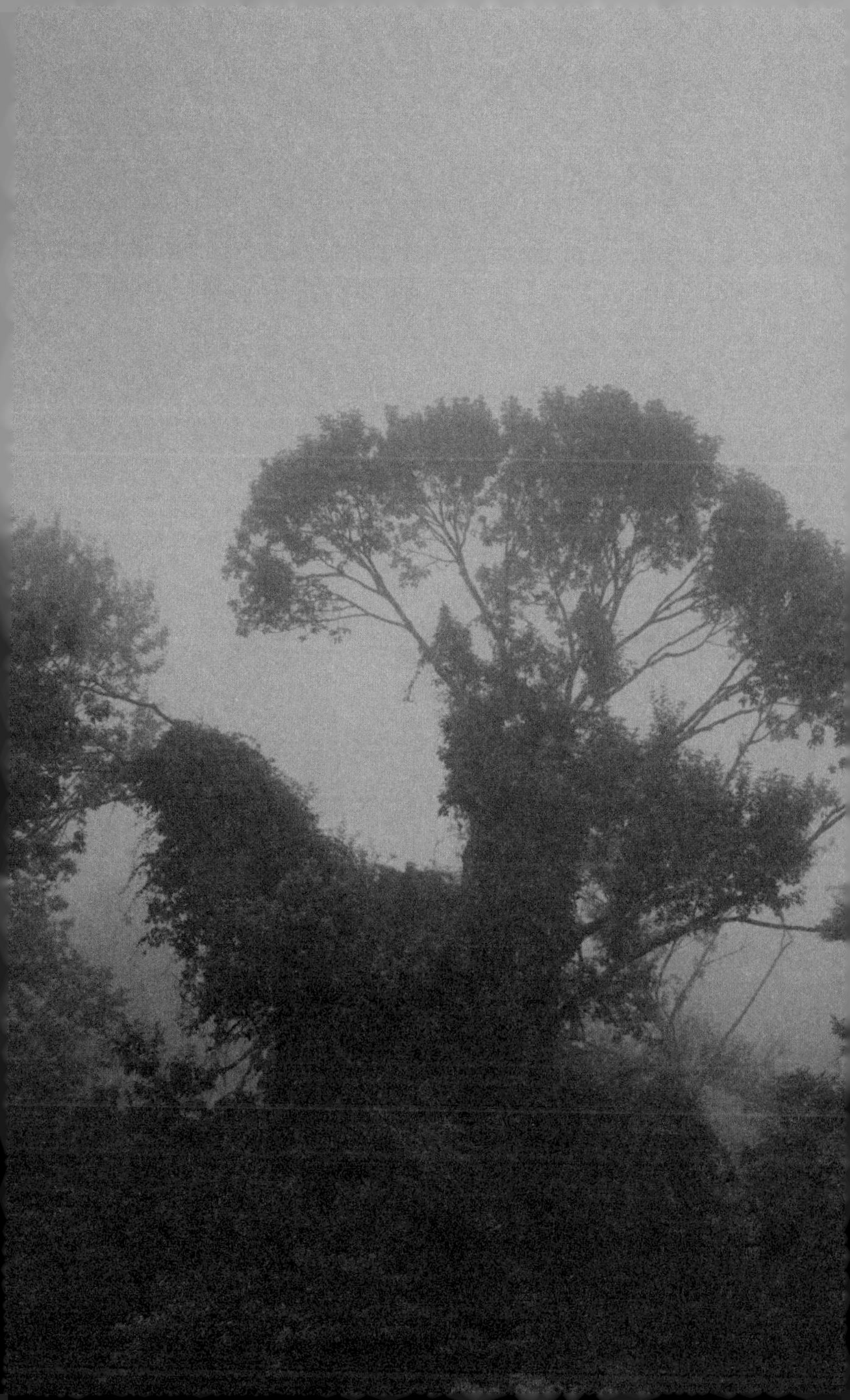

武满彻

武满先生的音乐深受西洋音乐，特别是20世纪以后的法国音乐的影响，具体说到音乐家的话，是德彪西和梅西安。同时，与印度尼西亚和日本的传统音乐的相遇，对他来说也至关重要。

日本传统音乐追求的终极目标，是用一个音来表达一切。一弹琵琶，一吹尺八，世间万物都在其中。而最高境界就是无我，也就是不吹奏的境地。尺八的理想音色，是风吹动竹林中枯朽竹子时产生的声音。这难道不正是自然[1]弹奏出的声音吗？然而换一个角度来看，我们的周围一直围绕着自然的声音，只要侧耳倾听，就能听见。

当武满先生开始将日本传统乐器融入自己的音乐创作时，我还是个高中生。在我念大学时，我和朋友制作了反对武满音乐"回归日本"和倡导"复古主义"的传单，并在音乐会现场散发。先是在上野的东京文化会馆的小演奏厅发，然后是在某个户外演奏会。演出结束后，武满先生本人拿着传单出现，说："这个是你写的吗？"我内心虽然很惊讶，但还是觉得不能退缩，就按照传单上的内容对他本人进行了批判。武满先生面对我这个身份不明的脏兮兮的学生，还是耐心恳切地站着与我交谈了大概30分钟。

在那次相遇的几年后，年轻作曲家们为钢琴家高桥亚纪女士创作乐曲，并举办了演奏会首演，我也受到邀请并写下了一首钢琴曲。而武满先生听了我的作品。后来我偶然在新宿的一个酒吧遇到他，他还记得我是"发传单的那个小伙子"，并对我说："你有一双好耳朵哪。"对作曲家来说，这是最棒的赞美，我不禁心中狂喜。我也间接听说他称赞过我为电影《圣诞快乐，劳伦斯先生》所创作的原声音乐。

武满先生在其著作《音，足以与沉默抗衡

及其他》中写道："首先,我想要丢掉'想要构建音乐'这个观念。""我想要停止那种像搭积木一样堆砌音乐的创作手法。"我想这不是是否使用日本传统乐器的问题,而是他受到了从西洋严苛的段落结构中脱离出来的日本及亚洲音乐的启发,早就开始了将其融入自己的音乐创作的探索。

"因为我是在西洋音乐中被培养出来的人,所以我要将这种矛盾正视为矛盾,明确地突出差异。我反倒要把矛盾融入自己内部,然后,我想要达到的是创作出足以与沉默抗衡的音,一个像沉默一样强烈的单一音。"如果仅仅靠听就能完全理解音乐的话,那么谁也不需要再辛苦地创作音乐,然而我内心无疑是存在着想要创造音乐的欲望的。同时,我还想要创作出无限接近自然的音乐,而不是通过人造的规则来构建音乐。当然,这是自相矛盾的。但矛盾就是矛盾,我也只能欣然接受。

另外,武满先生在实际听到具象音乐

（Musique Concrète）[2]之前，就已经构想出"将噪音引入调律好的乐音中"。他究竟是从哪里获得这样的远见的呢？

根据去年出版的《武满彻的电子音乐》[3]一书所述，针对被视为日本首部具象音乐作品的黛敏郎[4]的《X·Y·Z》，武满先生批评说："仅仅是将具体声响作为音乐素材，其音乐本身还是依赖于旧的形式。"武满先生试图将具体音、日常音、自然音融入音乐，并不仅仅是将它们作为传统音乐的一个素材，而是通过融入这些声响力图创造出一种全新的、从未存在过的音乐形式。让我稍感困扰的是，我似乎在几十年后才追随上武满先生试图做的事情。

2019年4月号

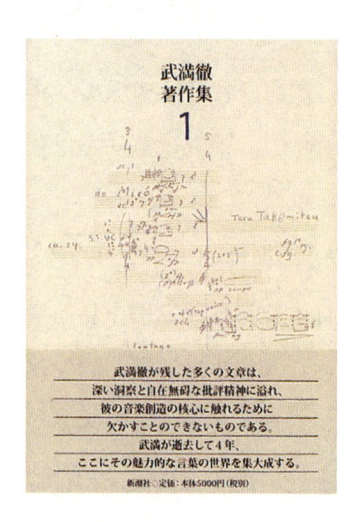

《武满彻著作集（1）：音，足以与沉默抗衡及其他》

武满彻著　新潮社

"我想要创作出能发声的音乐。"——在二战时期对音乐开窍，据说是自学成才的武满彻。在本书中，武满以"音"和"词汇"为轴，用优美的文字寻根溯源，记录自己的思想与对话，写下《自然与音乐》《口吃宣言》《音乐与生活》等文章，谈及了他独特音乐创作的基础。序言由与武满关系深厚的泷口修造和大江健三郎撰写。

武满彻：1930年出生于东京（1996年逝世），作曲家。他在1967年创作的《十一月的阶梯》奠定了他在音乐界的地位。他独特的音乐语言被称为"武满音"，对全世界的音乐家产生了影响。

1. 自然界，原本的样子，事物的本性。
2. 一种在20世纪40年代创造的电子音乐。通过录制人声、城市和自然的声音，并通过机械或电子处理来创作。也被称为具体音乐。
3. 电子音乐研究的权威人物川崎弘二，以电子音乐=技术为线索，诠释武满的一生和作品的书籍。
4. 1929年出生（1997年逝世），作曲家，对战后的现代音乐界有着巨大影响。1986年获得紫绶褒章。

Nikolai A. Nevsky

尼古拉·A.涅夫斯基

东方学者

1892—1938

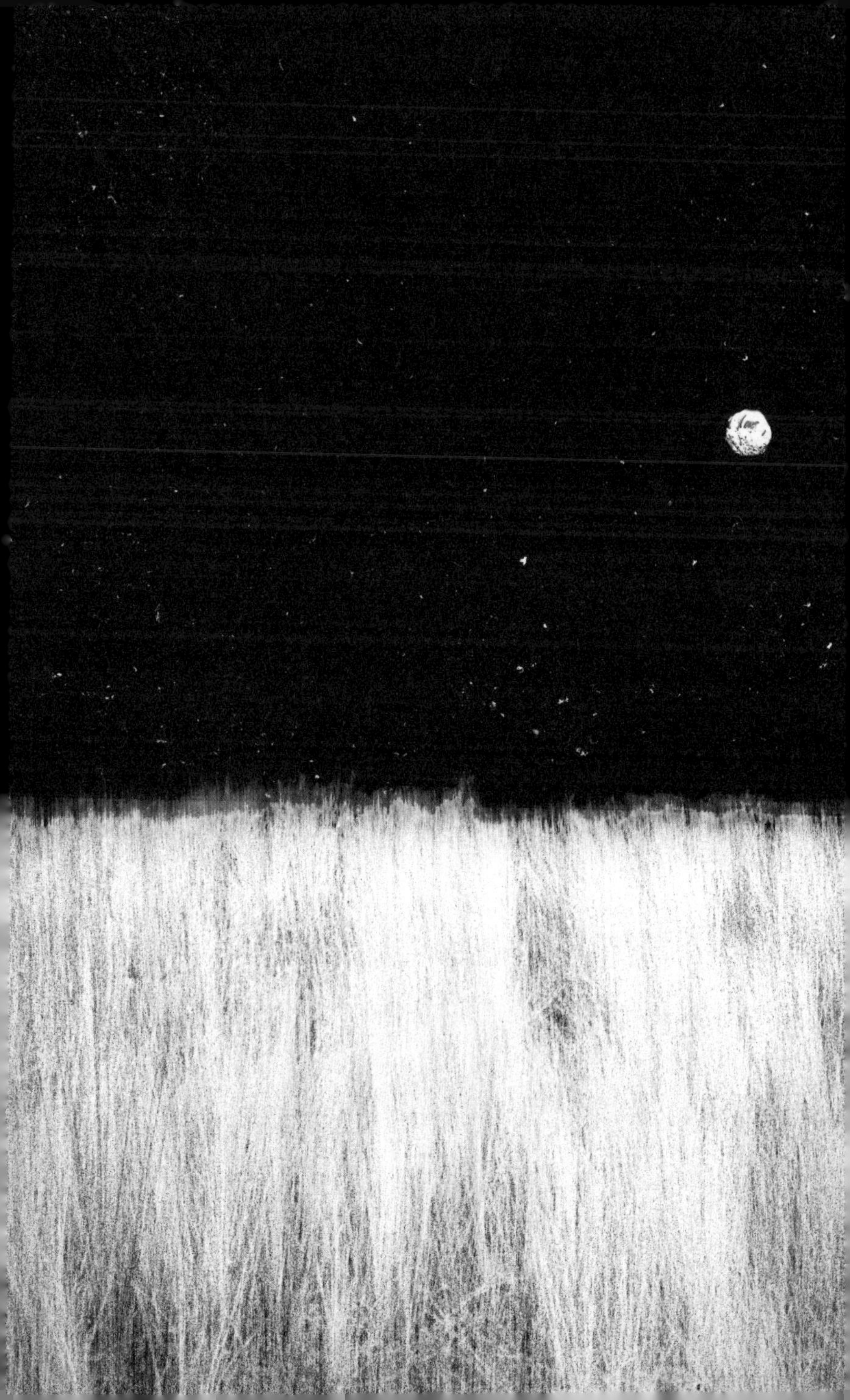

尼古拉·A.涅夫斯基[1]

我在十七八岁的时候，开始对人类学和民族学产生兴趣，没来由地坚信日本人的单一民族论肯定是错误的。一看地图就知道，日本位于东方的尽头，在人类漫长的历史中，从北到西到南，陆续有许多部族通过陆路或岛屿抵达这个群岛。我认为现在的日语的雏形，是在绳文时代中期，经由贸易交易，由不同部族的语言混合并形成的。

冈正雄[2]的《异人及其他》是我喜欢的一本书。冈是受柳田国男影响很大的民族学家，因为由他编纂和被富有诗意的标题所吸引，我拿起了尼古拉·涅夫斯基的著作《月亮与不死》。随着阅读的深入，我对这位作者的一生和成就越发地感到惊讶。

涅夫斯基于1892年出生于帝政俄国的圣彼得堡近郊，在日俄战争中对抗庞大的俄罗斯帝国的新兴国家日本引起了他的兴趣。他在大学学习日语，并为了深入研究而决心留学日本。一到日本，他就参加了柳田国男和折口信夫[3]等人的聚会，用流利的日语和敏锐的提问语惊四座。涅夫斯基极其尊敬柳田与折口，称柳田为自己唯一的老师，折口则如兄长，汲取了两人身上的许多学问。在约14年的留日期间，他发表了包括《月亮与不死》在内的多篇论文。他亲自前往东北、北海道至宫古岛，研究日本的古语言、宫古岛方言和阿伊努语，利用他敏锐的听觉能力，整理出了许多研究成果。为什么他会对阿伊努语和宫古语感兴趣呢？因为他相信，这些边远地区还保留着日语的古老形式，他想要通过了解这些语言来解读日语的起源。涅夫斯基对语言学、民俗学、文化人类学等领域都有浓厚兴趣，他调查了各地的信仰、神话和习俗，这些研究成果最终被结集成了《月亮与不死》。

为什么月亮和不死有关系呢？一般来说，太阳象征生命，而月亮象征死亡。但让涅夫斯基感到惊讶的是，中国人和日本人竟如此赞美和歌颂月亮。在俄罗斯人看来，孕育生命的太阳才应该得到赞美。月亮是消极的、冷淡的、阴沉的、带有阴影的。但是仔细想想，月亮与潮汐也就是水有关，而且与女性、血液有关。海洋、水、女性、血液，海洋是生命的源泉，女性主宰着生命。围绕着月亮，有关生命的一切都相互联系起来。月亮在象征死亡的同时，也象征着重生，这一点可以通过宫古群岛的传说加以阐释。涅夫斯基有着日本人欠缺的国际视野，对日本研究者有很大影响，柳田国男后来花了很多篇幅来回忆涅夫斯基，文化人类学的先驱石田英一郎[4]也以《月亮与不死》为题撰文，并将其著作《桃太郎的母亲》献给了涅夫斯基。涅夫斯基不仅影响了日本的民俗学、语言学，甚至可以说是奠定文化人类学基础的恩人。

涅夫斯基在日本停留约14年后返回苏联，一边教授日语，一边投身于研究消失于13世纪的神秘之国的语言——西夏语。然而，1937年，在研究进行到一半时，他遭到斯大林的大清洗，与日本妻子万谷矶子一起被处决。这是何等的悲剧与损失！20年后，他的名誉得以恢复；在那3年后，他的主要著作《西夏语言学》终于得以出版。

语汇中包含了说话者的宇宙观和自然观。探究语言，就是去碰触人们的信仰和全部的生活。我时常想象，如今我们说的话中，可能混杂着与绳文时代相连的"声音"。我对声音的兴趣和涅夫斯基的探究奇妙地重叠在一起，成为我的创作灵感的来源。

2019年5月号

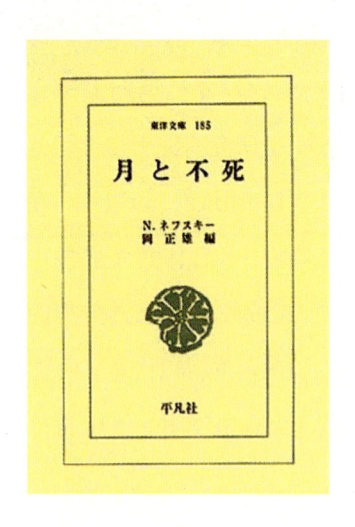

《月亮与不死》

尼古拉·A. 涅夫斯基著　冈正雄编　加藤九祚解说　平凡社

这是唯一以涅夫斯基用日语写成的关于日本民俗学的论文和书信为中心编纂的著作集。这部著作集由与作者关系密切的冈正雄编辑，加上加藤九祚的解说，汇总了作者收集的传说、日本人对月亮独特的感性、民间信仰、生与死、重生，以及关于他自身人生的内容。解说者加藤九祚还出版了一本令人动容的解说涅夫斯基的学问和生涯的书籍《天之蛇》（河出书房新社）。

尼古拉·A. 涅夫斯基：1892年出生于俄罗斯（1938年逝世），东方学者。自1915年来日后，研究了约14年的日本民俗、文化、语言，包括阿伊努和冲绳等地区，对日本研究者产生了影响。逝世后，获得了列宁勋章。

1. 又译作"聂历山"。——译者注
2. 1898年出生（1982年逝世），民族学者，著有《古日本的文化层》等书，提出了"种族文化复合"的概念，在日本文化研究中获得很高评价。
3. 1887年出生（1953年逝世），民俗学者、歌人，著有《古代研究》等书，在日本文学、民俗学、文艺史、神学等多个领域进行了广泛探究。
4. 1903年出生（1968年逝世），文化人类学者、民族学者，著有《河童驹引考》等书，是日本文化人类学确立和发展过程中的重要人物之一。

Susumu Kudo
工藤进
法国南部学者
1940—

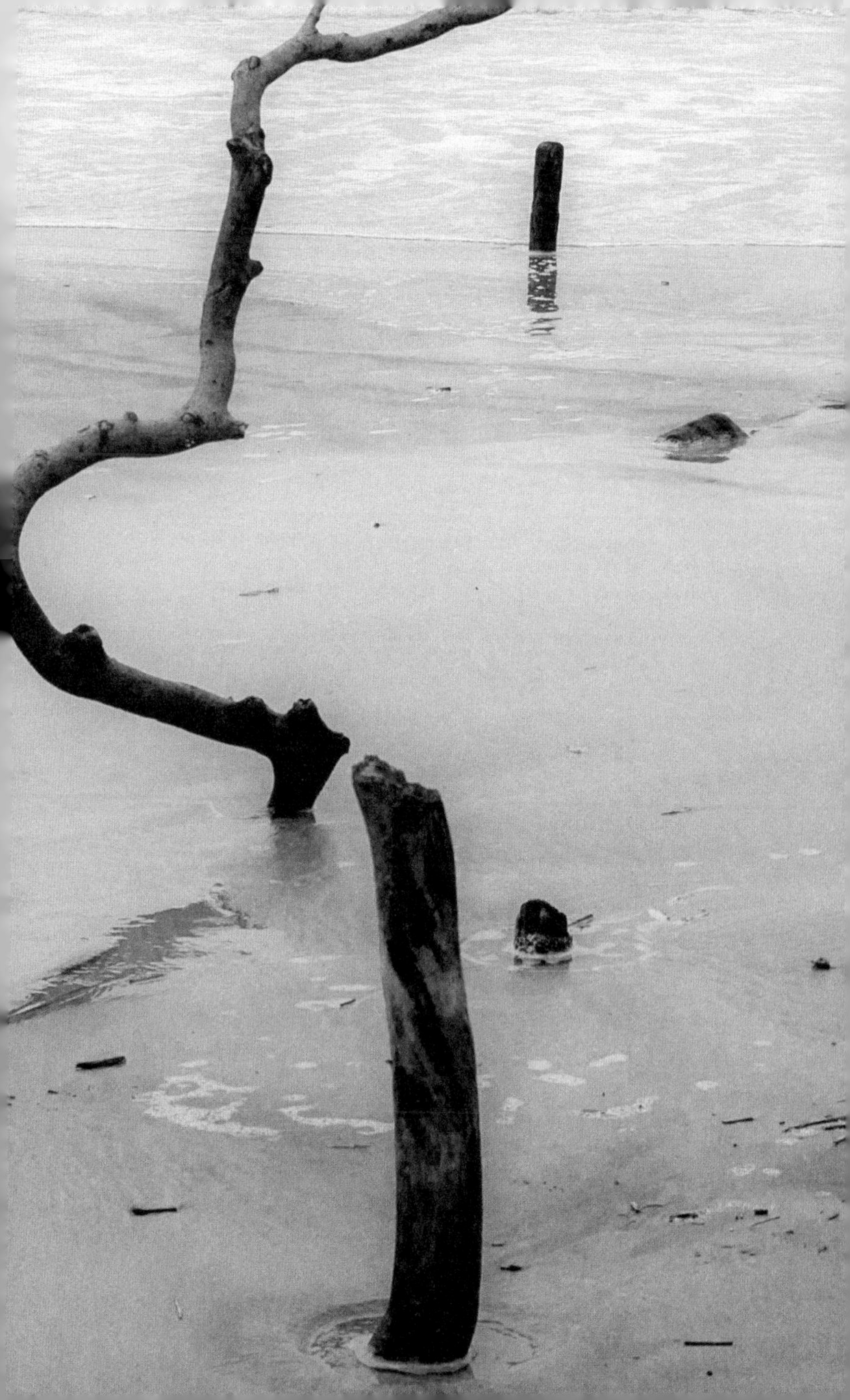

工藤进

我常与诗人松井茂[1]先生就语言和音乐进行交流。去年，松井先生告诉了我之前我完全不知道的语言学研究者工藤进的存在，工藤的著作《日语是从哪里来的》极大地颠覆了我原有的关于语言的概念。

工藤的思考的核心在于声音，因为人类的语言和音乐都始于声音。有一种说法是，很久以前语言和音乐没有明确的界限，语言可能就像唱歌一样被说出来。即使在今天，母亲也会像唱歌一样对婴儿说话；而呼唤远处的人时，"喔喂——"的声音也仿佛是在歌唱。而与之相对的将语言可视化的文字，在人类的历史长河中可以说是相当近代的产物。最古老的文字包括美索不达米亚文明中的楔形文字和成为中国汉字起源的文字，它们最早可追溯到大约5000年前。如果说智人（Homo sapiens）的出现是在20万年前，那么文字的产生确实是非常近期的事件。然而，文字文化对我们的思维产生的影响却是巨大的。有趣的是，根据工藤的观点，在荷马[2]的《奥德赛》被写就的时期，人们轻视文字，而更尊重通过声音进行的表达。在欧洲中世纪的修道院里，人们是通过声音来理解《圣经》的，而不是通过阅读。印刷技术的发明可能极大地改变了我们的思维方式，从这个角度来看，用声音传递信息和进行表达的时代远比用文字长久，我们很有必要去深思在近代以后，重视文字而轻视声音让我们失去了什么东西。

虽然现在世界上有数千种语言，但如果说人类的出现始于非洲的某个家族的话，那么世界上原本可能只有一种语言。非洲的其他部落肯定有着不同的语言，而凑巧离开非洲的某个部落的语言成了现今所有语言的源头，这是多么神奇的事啊。即使被认为是截然不同的语言体系，也一定存在着一些共通之处。

然而，直到近现代，属于印欧语系的印欧语言[3]和不属于这个语系的日语被认为是完全不同的语言。印欧语言的一个主要特征是词汇会根据人称、数、格等因素发生结构性的变化，这一点被认为是印欧语言和日语的决定性差异，甚至有人说日语不是一种逻辑性的语言。但是，这本书指出，词汇根据人称和数的变化而发生变化的这一特征，并不一定存在于印欧语言的古老形态中。这一点让我感到很惊讶。印欧语言的代表性古语有拉丁语、希腊语、梵语，它们有一个共同的母体形态，被称为原始印欧语（Proto-Indo-European，PIE），关于它的研究也在进展之中。但是，关于日语、韩语、琉球语、阿伊努语等语言的原始语[4]的研究还并不充分。工藤提出，最终成为印欧语言和成为日语的语言可能是在欧亚大陆上从一个共同的母体中分离出来的。若人类真是起源于同一个祖先的话，那么所有语言都是从那里派生出来的也实属理所当然。但由于以往的常识太过根深蒂固，对我来说，这仍然是一个惊喜的发现。

当我们想要表达某些东西时，如果我们口中讲出的词汇不是一些特定的声音连续出现的话，就会觉得有点怪怪的——这是一种很奇特的感觉，用有点小题大做的说法来说的话，这种奇特的感觉体现的是人们的世界观、生活感。文法是后来的学者加上去的东西。发音在列岛、大陆都会有所不同，甚至在同一个国家，只要越过一座山，就可能会变得不同，它会随着水土、生活习惯等无数因素而发生变化。

我们的祖先迁出非洲时发出的声音，我们今天也许仍在继承，它们是否还潜藏在我们的摇篮曲或童谣之中呢？

2019年6月号

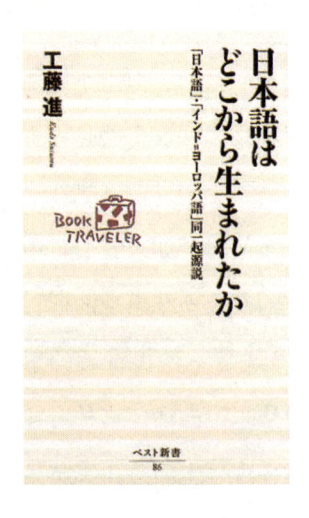

《日语是从哪里来的》

工藤进著　Best新书

近年来，有研究认为人类的起源是在15万到20万年前的非洲中北部。不仅仅是停留在传统的词汇比较上，而且是通过关注语言的根本特征，工藤进发现了日语和古印欧语言的结构相似。语言的起源可能存在一个原始语，原日语也可能与古印欧语言有联系。对于"日语的起源在哪里"这一问题，本书结合了语言谱系论和语言起源论探讨其新的可能性，这是继泰米尔语起源说之后的宏大新论点。

工藤进：1940年出生于秋田县，明治学院大学教授、法国利摩日大学荣誉博士。专攻语言论、法语法国文学，主要著作有《声音》《南法和南法语的故事》等。

1. 1975年出生，诗人、情报科学艺术大学院大学副教授，著作有《同步并行电路》《量子诗》。近年来也与声音设计师和影像艺术家进行共同创作。
2. 古希腊吟游诗人，被认为是包括"特洛伊木马"的故事在内的叙事诗《伊利亚特》和《奥德赛》的作者。
3. 分布于印度到欧洲的语言，包括具有相同起源的日耳曼语族、罗曼语族诸语言。这些语言组成的语言群被称作印欧语系。
4. 当一种单一的语言随着时间的变迁分裂成不同的多种语言时，原始的单一语言被称作原始语（祖语）。从同一个原始语系中分裂出来的语言被统称为语群（语族）。

Andrei Arsenyevich Tarkovsky
安德烈·塔可夫斯基

电影导演

1932—1986

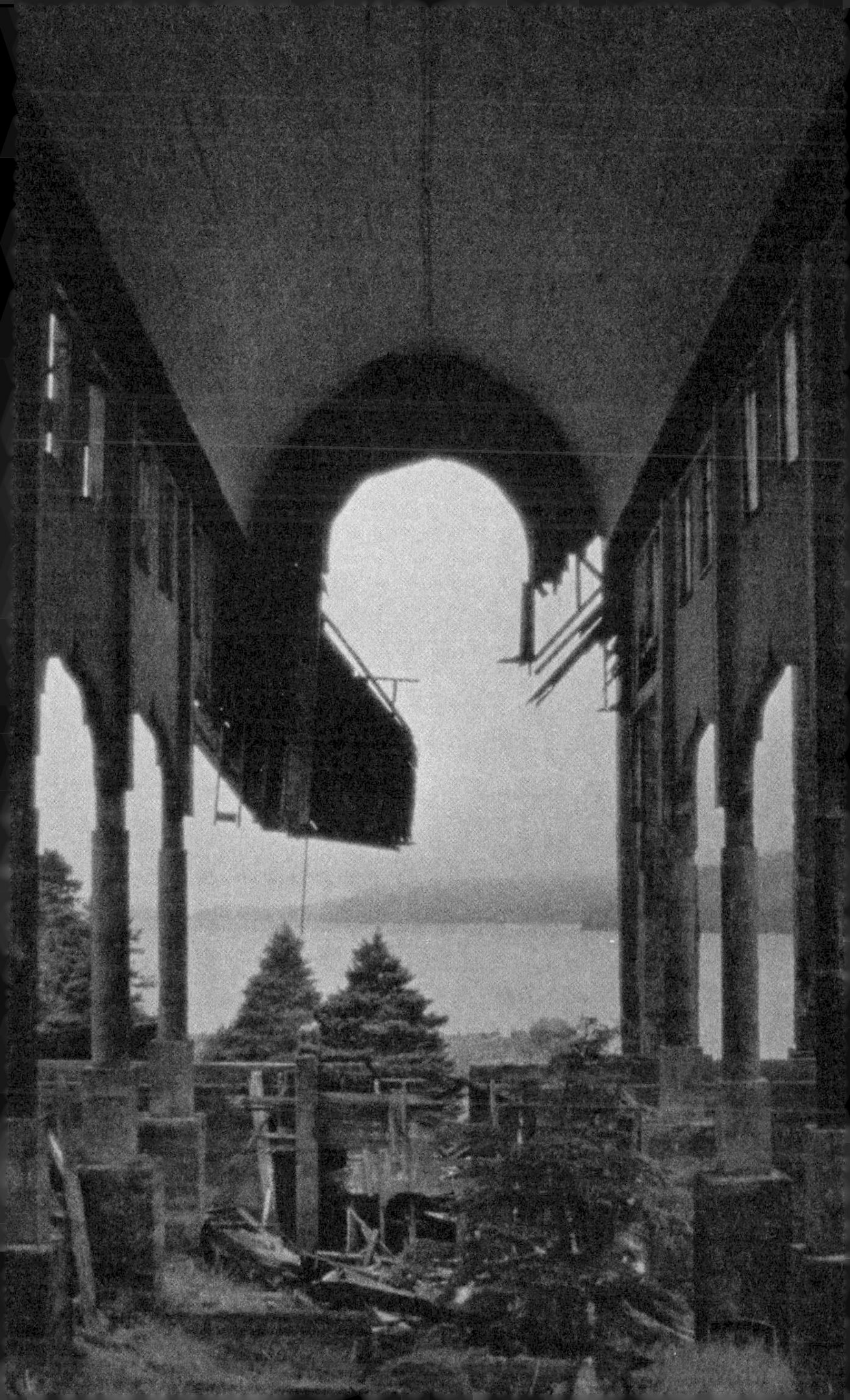

安德烈·塔可夫斯基

关于塔可夫斯基，我的知识储备原本只有因为20世纪70年代反复出现东京的首都高速而引起话题的电影《飞向太空》。到了20世纪80年代，东京六本木新建了一座叫作"WAVE"的大楼，在它的地下有一家名为"CINE VIVANT"[1]的独立影院，那里放映着精选的艺术电影。从那里首次放映戈达尔的《受难记》开始，我就经常到那里。在CINE VIVANT，我观看了塔可夫斯基的自传式电影《镜子》[2]，引发了我强烈的共鸣；几年后我又观看了《乡愁》[3]，以及他的遗作《牺牲》——那段时间，我看了他一半以上的作品。他年仅54岁就与世长辞。尽管他只留下了7部长片电影，但我认为每一部都是无可替代的佳作。

武满彻先生生前就毫不吝啬地称赞塔可夫斯基，在塔可夫斯基去世后还写下了《乡愁——纪念安德烈·塔可夫斯基》向他致敬。

我最关注的是塔可夫斯基对声音的处理方式。《乡愁》中精心设计的水声极负盛名，但其实在他的电影中，不仅仅是水声，风声、人的脚步声等各种声音都被进行了非常音乐化的处理。他曾经写道，如果声音能够被适当处理，那么就不需要有所谓电影配乐。对此我完全同意。

更进一步地说，塔可夫斯基不仅仅是音乐化地处理电影中的声音，他可能还在把影像本身当作音乐来设计，以一种作曲家的感性来制作电影。他创造的那在连续时间中持续的影像运动给我带来了音乐般的感动。他对置于时间之中的事物的发生非常敏感。

在他的著作《雕刻时光：电影随想》中，他提到"在时光之中，像雕刻影像与声音一般为之塑形"。

举一个我非常喜欢的例子，那是《镜子》开

头的部分。面对着草原，年轻的主人公的母亲坐在篱笆上抽烟。一个陌生男子穿过远方的树林走向草原。男子走近，开始与母亲交谈，并要了烟抽。他们俩坐在篱笆上，但篱笆倒塌了。男子笑了起来，然后离开。突然，风吹过草原，摇晃着草。男子回头，站着看着母亲。风再次缓缓摇曳草原，男子走了。

我认为这一切的动作、声音都是音乐化的。男子的步伐、与母亲的对话、草原的摇曳、摇晃的树枝等等，这些时间的设计就像是精心构建的一个赋格。塔可夫斯基用他难以说明的时间感觉指挥着演员和工作人员。这是一项辉煌而艰巨的工作。

电影是某段时间中多个事件相连的作品，因此需要将影像摆放在线性时间线上。音乐也是如此。塔可夫斯基不是根据外部形式，而是按照内在欲望去设计时间中事件的联系——他将这种方法称为诗意逻辑。他完全相信自己那无法解释的独特感受，并以此为准则制作电影。这种诗意逻辑的思想是激动人心的，它也是我的专辑《异步》的主题之一，现在也是我正在制作的舞台作品的重要灵感来源。对怀疑线性时间的我来说，将作品融入作为诗意逻辑的时间中是我的理想。那就像是梦中的时间，就像是人人都可能经历的，梦中已过50年，醒来却只有5分钟。塔可夫斯基的《镜子》就像是在梦中一样，时光伸缩，错综复杂。

塔可夫斯基的电影总会在不同时刻让我意识到很多东西。在我的舞台作品完成之前，我还会再看几次他的电影呢。

2019年7月号

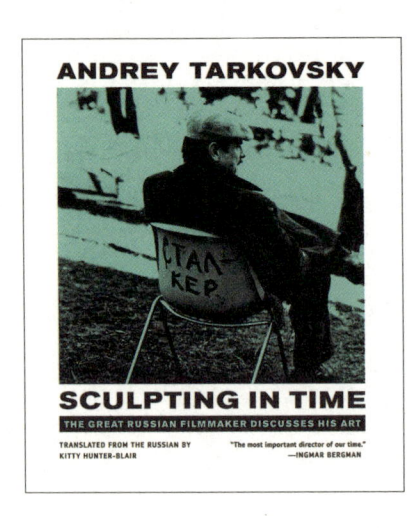

《雕刻时光：电影随想》

安德烈·塔可夫斯基著　得克萨斯大学出版社（再版　平装本）

这是一部展现安德烈·塔可夫斯基关于电影的哲学、艺术论甚至文明论的重要论文集，对了解他的电影观点至关重要。他持续追求的是将电影作为艺术品，而非娱乐作品进行制作的独特哲学和理论。通过将绘画、文学、戏剧等多种艺术形式与电影进行比较，并从多角度阐述，他所思考的"电影本质"跃然纸上。本书中也包含了很多从其电影作品中选取的剧照。目前本书原版已经绝版，难以获取，不过平装本可以在亚马逊网站等平台购得。

安德烈·塔可夫斯基：1932年出生于俄罗斯（1986年逝世），电影导演。1962年以长片处女作《伊万的童年》获得威尼斯国际电影节金狮奖，被誉为"影像的诗人"，在世界范围内持续受到高度评价。

1. 曾位于六本木"WAVE"的地下，随着让-吕克·戈达尔的电影《受难记》（1982年上映）的放映而开幕，是独立影院的先驱之一。
2. 1975年上映，塔可夫斯基的自传体影像诗篇。通过主人公的第一人称视角叙述故事，以独特的导演手法使其思绪和情感显现。
3. 1983年上映，塔可夫斯基的长片第六作，以托斯卡纳地区的美丽景色为中心，描绘了一位诗人的爱与痛苦。导演本人也表示在发现取景地时十分惊讶。

Junichiro Hashimoto
桥元淳一郎

科幻作家
1947—

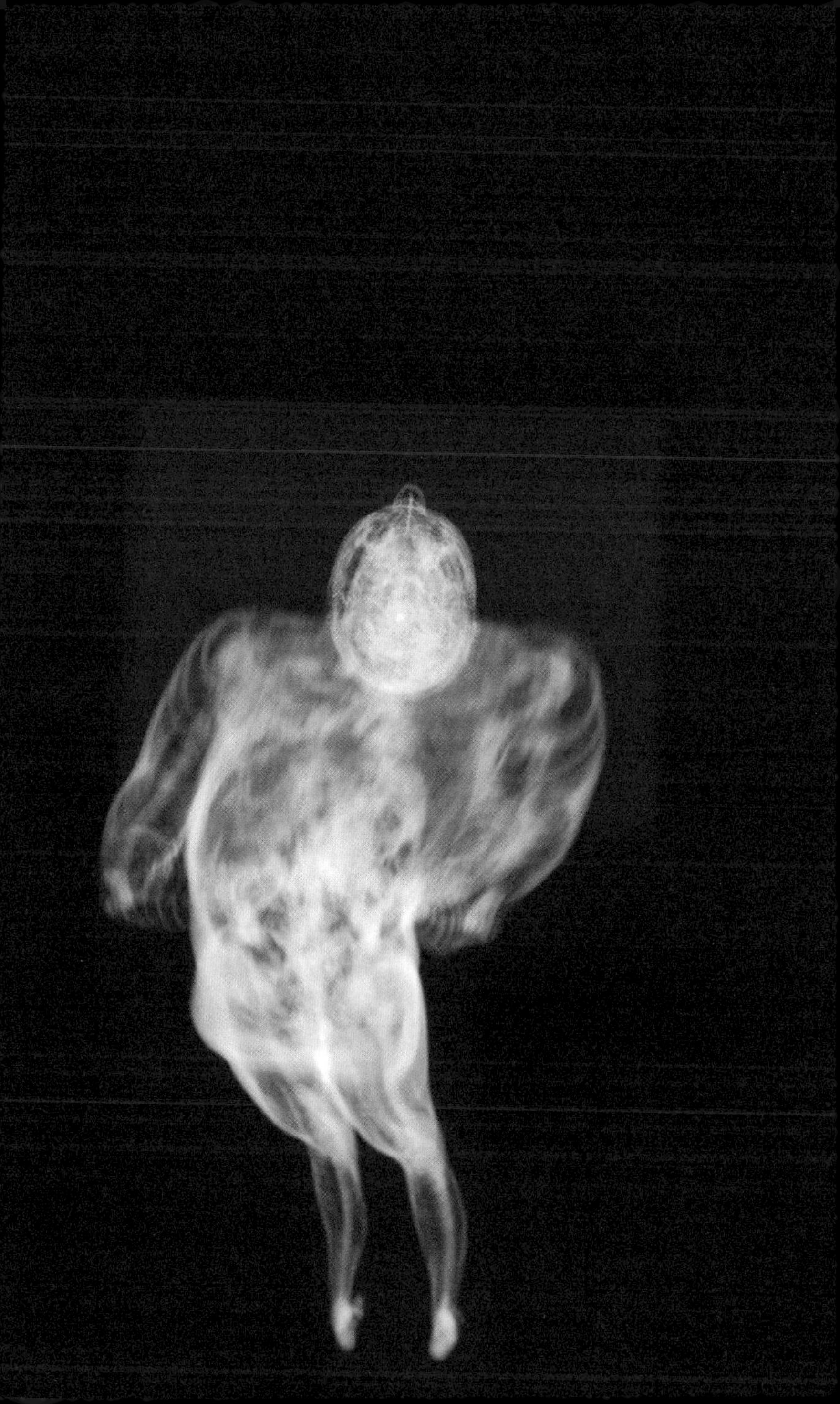

桥元淳一郎

由于我决定将明年年底要发布的戏剧作品的主题定为"时间",因此我最近一直在拼命阅读有关时间的书籍。在这个过程中,我遇到了桥元淳一郎先生的《时间是在哪里诞生的》一书。桥元先生在大学专攻物理学,现在似乎备受考生的崇拜。我认为这本书作为一本从相对论和量子力学视角来探讨时间的书,其内容整理得非常易于理解。

在现代社会,科学与哲学已被认为不再交融。许多哲学家不了解现代科学中关于时间和空间的最新概念,而科学家们则将时间等概念视为理所当然的,很少有人愿意从哲学的角度去思考它们。但如果追溯到过去,亚里士多德[1]和康德[2]

都既是科学家，又是哲学家。哲学和科学曾经是等同的，而本书作者也指出，不了解现代科学所教导的时间和空间的概念，就无法进行时间的讨论。

关于时间，奥古斯丁在《忏悔录》[3]中有非常好的表述。

"时间到底是什么呢？如果没有人问我，我知道它是什么。但如果要我向问我的人解释，我就不知道了。"（服部英次郎译）

这在现代也许并没有改变。大多数人认为时间是理所当然的存在，并以此为基础生活，但是如果被特意问到"时间是什么？""为什么时间只能从过去向未来单向前进？"，便无法给出答案。

首先我要声明我对数学一无所知，在这个基础之上，以下是我对书中用相对论描述的时间定义这一部分的解读。相对论中的时间不再是不受任何事物影响的普遍绝对时间，而是受到空间的显著影响；如果空间发生变化，时间也会随之改变，时间是空间的一个维度。极端地说，站在我面前的你和我，由于空间位置的不同，所经历的时间也是不同的。静止不动的我和坐在以每小时100公里的速度行驶的车里的他，也处于不同的时间之中。我的时间是无法与任何人分享的。在这样孤独的宇宙中，唯一的基准是什么呢？那就是光。光速是恒定的，"我"的时间是相对光速的相对时间。如果我们可以乘坐速度达到光速的交通工具移动，那么在那里，空间的距离和时间都将消失。这真是太奇妙了。

接下来我们来看看探讨构成物质的原子和电子的量子力学所定义的时间是什么。在那样的微观世界中，时间和我们本以为"存在"的热量、颜色、位置和速度一同消失，并且连因果律和排中律都不存在。通常事物发生都有原因，比如砖头掉下来，被它砸中了就会死，这样的先后关系是显而易见的。但在微观世界中，时间的先后关系无法确定，因为无法测量事物发生的确切位置和时间，甚至无法确定那个被砖头砸中的人是死是活。只能说同时存在两个相互矛盾的状态，这就是著名的"薛定谔的猫"[4]的概念。这些微观粒子组成了我们的身体和宇宙，这不由得让人感到神奇。

此外，尽管如此，我们感受到的时间到底是从何而来的呢？针对这个问题，作者也给出了他的答案，那就是生命的起源和进化。这个宇宙似乎总是从有序向无序演变。维持如生命般的秩序是困难的，在这里发挥作用的是维持生命的意志。作者认为这种意志创造了时间。

至于我，我越来越觉得时间并不存在，它只是人类大脑创造出来的幻象。

2019年8月号

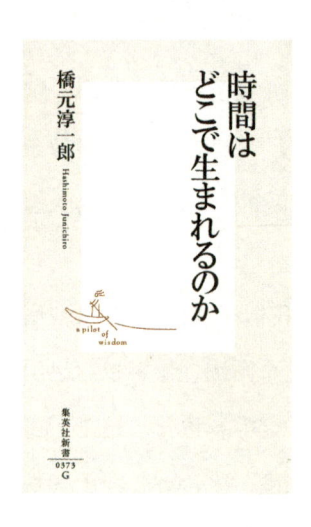

《时间是在哪里诞生的》

桥元淳一郎著　集英社新书

> 从过去单方向地流向未来,不可预知的"时间"是什么?为什么我们无法回到过去,这一行为也充满未知?——这本书试图去揭示时间的本质。书中展开讨论了如相对论和量子论等物理学科学理论所揭示的物理学意义上的时间,与日常生活中人们体验到的日常时间相结合的时间理论。

桥元淳一郎：1947年出生于大阪，科幻作家、相爱大学名誉教授。他以易懂又独特的理论解读，深受学生们的信赖，著有教学参考书和《我思故有思考实验》《人类的漫长下午》等多部著作。

1. 活跃于公元前4世纪的古希腊哲学家。对政治、逻辑学、物理学等所有学问进行分类和统括，被称为"诸学之父"。著有《形而上学》等著作。
2. 1724年出生（1804年逝世），哲学家。他建立了唯心论，并通过《纯粹理性批判》《实践理性批判》《判断力批判》等著作对近代哲学产生了巨大影响。
3. 基督教哲学家、教父奥古斯丁的著作。作者在书中忏悔了他过去的罪行，并讲述了他改宗基督教的过程，以及他的信仰论。
4. 奥地利物理学家埃尔温·薛定谔于1935年提出的实验。通过对设想中的猫进行思考实验，提出了量子力学的悖论和存在的问题。

Takeo Okuno
奥野健男

文艺评论家
1926—1997

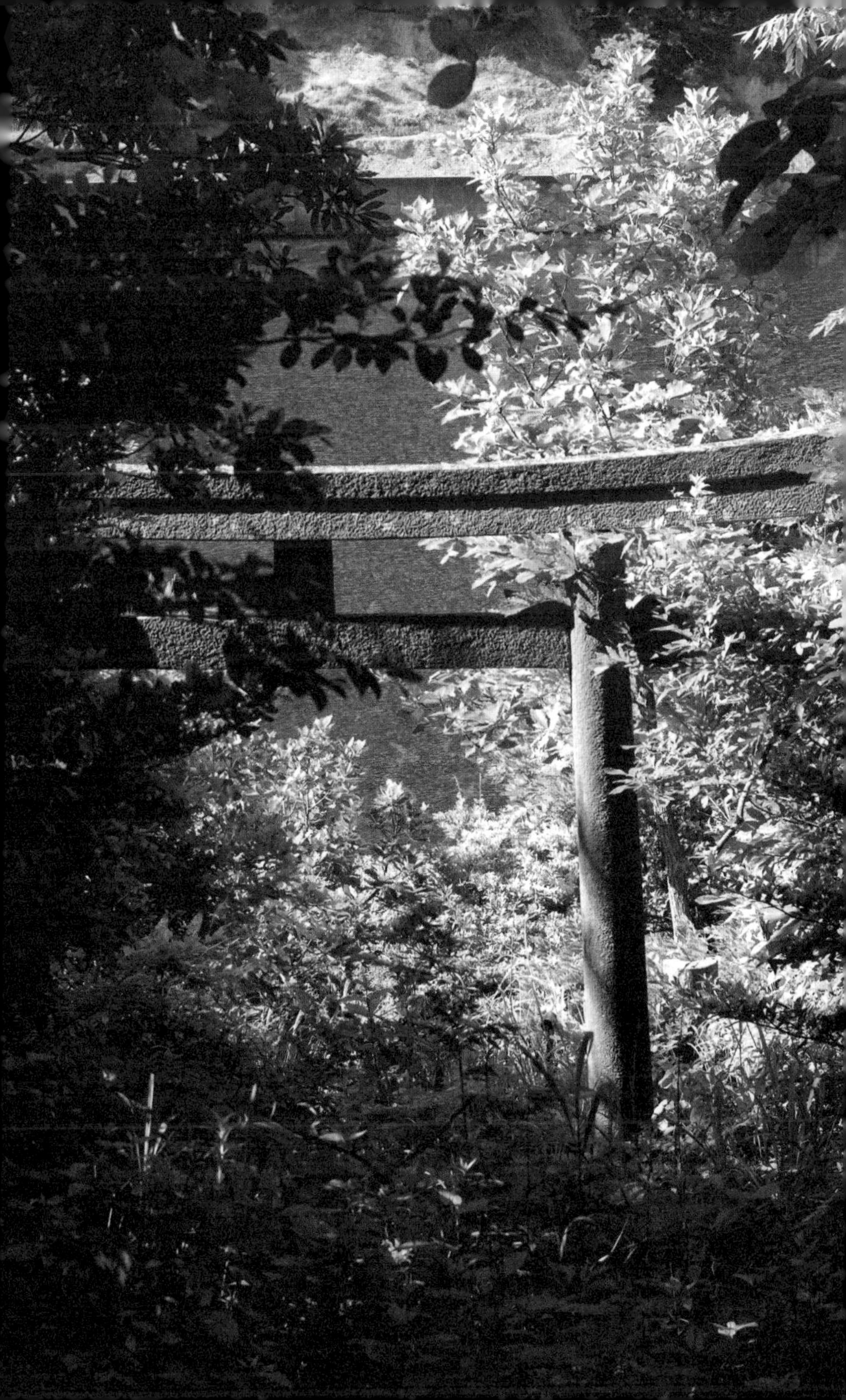

奥野健男

奥野健男是我自少年时代起就一直仰慕的吉本隆明的挚友，他与吉本一样就读于东京工业大学，专攻化学，并作为研究人员活跃在企业中。然而，他的书我只读过《三岛由纪夫传说》[1]。有一天，我家突然收到了一本《深层日本归行：亚波尼西亚历史观的形成》，寄送者是津田塾大学的早川敦子[2]教授，她与奥野健男有些远亲关系。我不知道该如何感谢早川教授，因为这本书里全是我感兴趣和令我吃惊的内容。我深切地想，如果我能在奥野先生生前见到他并有机会交谈，该有多好啊。

奥野健男的文艺评论的核心是两位无赖派作家——太宰治和坂口安吾。我年轻时也很喜欢他们的作品，经常阅读。但是，奥野将太宰与日本津轻地区的风土紧密联系的视角对我来说是崭新的，这让我想造访津轻，而且是不得不去。不知道书中描绘的津轻现在是否依然存在呢？

津轻地区与残留的绳文文化有着关联性。所谓日本近畿地区精致的"和"文化并非绳文文化，但绳文的特质在日本各地，如北海道、东北、冲绳、山岳地带、半岛等地还留有浓厚的色彩。可以说，这些地方是绳文文化还未被大和政权完全驱逐的地区，津轻就是其中之一。奥野在书里写道，正因为是抵抗大和政权而存留下来的地区，因此即使在二战后，这里也依然存在与主流的大和文化不同的意识。这在语言中得到了很好的体现，即使都是日语，发音和词汇也明显不同。太宰治虽然可以说是近代日本文学界的语言天才，但日语，即大和语，对他来说是一门需要学习并打磨的所谓"外语"。原来如此啊，丰富了日本文学的小说家和诗人们有很多是在离日本中心较远的地方出生和成长的。比如室生犀星来自金泽，埴谷雄高来自福岛，萩原朔太郎来自群马。来自外部的视角，以及感受差异的感性，使得语言变得丰富多彩。

在本书的第十四节中，我提到了工藤进的著作《声音》，那本书里也谈到丰富了法语的拿破仑、普鲁斯特等人，实际上并不是纯粹的法语使用者。语言的发展的确如此有趣。

太宰治的作品不仅在日本，也在海外被广泛阅读。尽管此前的日本文学在海外传播时被认为是东方的、有异国情调的东西，但太宰治得到共鸣的作品却是以都市中个体的孤独、自我困境等为主题的。为何太宰文学中会出现孤独和困境呢？这在很大程度上是因为太宰治是津轻人。在东京，太宰试图变得比东京人更时髦，在东京的生活让他更明显地感到自己是一个异乡人，由此产生了自我的冲突。津轻的地方性创造出了普遍的现代性。

奥野也触及了日本人的生死观。他考据川端康成的小说描绘的是死者的世界；太宰治自己也是灵媒，从死后的世界来讲故事。同时，他也谈到了三岛由纪夫。对三岛而言，二战时的死亡世界是真实的。尽管这一世界在战后被否定，但三岛无法从现实世界感受到真实性，因此可能一直怀有回到死亡国度的愿望。

此外，这本书也花了很多篇幅来讨论坂口安吾，不仅是他的小说，还有他的古代历史研究。在昭和二十五、二十六年（1950、1951年），安吾发表了许多与江上波夫的骑马民族征服王朝说[3]非常相似的历史评论，这让我感到非常惊讶。书中写了一些可能颠覆日本古代史的内容。坂口安吾亲自到地方去进行了详细的调查。

通过与这本书的邂逅，我又想重新阅读太宰治、三岛由纪夫、川端康成和坂口安吾的作品。此刻，我正处于绵延不绝的兴趣与有限的时间的矛盾之中。

2019年9月号

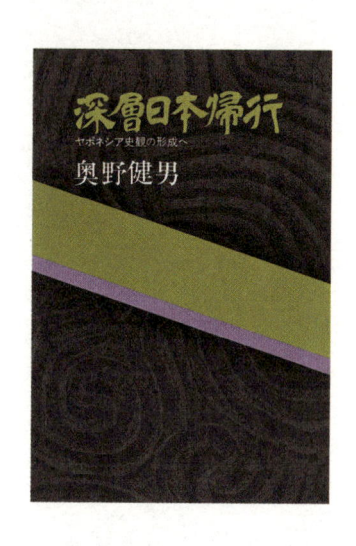

《深层日本归行：亚波尼西亚历史观的形成》

奥野健男著　每日新闻社　旧书

在本书出版之前，作者一直有意识地不偏离其专业的"文学"领域来进行写作。但出于对日本的风土和历史有着难以抑制的兴趣，作者在出版著作《文学之中的原风景》之后，通过去各地旅行和追溯自我历史的方式，结集逐渐偏离文学论写下的文章，出版了此书。作为一名在化学技术领域也受到高度评价的作者，他那现实主义的视角与文学者的浪漫思考相交织，呈现出对日本文化、历史的多角度观点。

奥野健男：1926年出生于东京（1997年逝世），文艺评论家。大学在读期间发表《太宰治论》，从而受到关注。著有《文学之中的原风景》等书。是曾获得多个奖项，并持续受到高度评价的评论家之一。

1. 与三岛由纪夫有深交的作者写下的关于三岛作品的评论，以及通过个人逸事突出其生活和人物形象的一本书。获得了艺术选奖文部大臣奖。
2. 1960年出生，英文学者、津田塾大学学艺学部教授，津田塾大学大学院文学研究科博士课程毕业，著有《翻译论是什么——翻译开拓的新世纪》等书。
3. 一种学说，认为从大陆过来的骑马民族建立了新的国家，这个国家即日本。这一理论由考古学家江上波夫在1948年提出，并引发了争论。

Hou Hsiao-Hsien
侯孝贤
电影导演
1947—

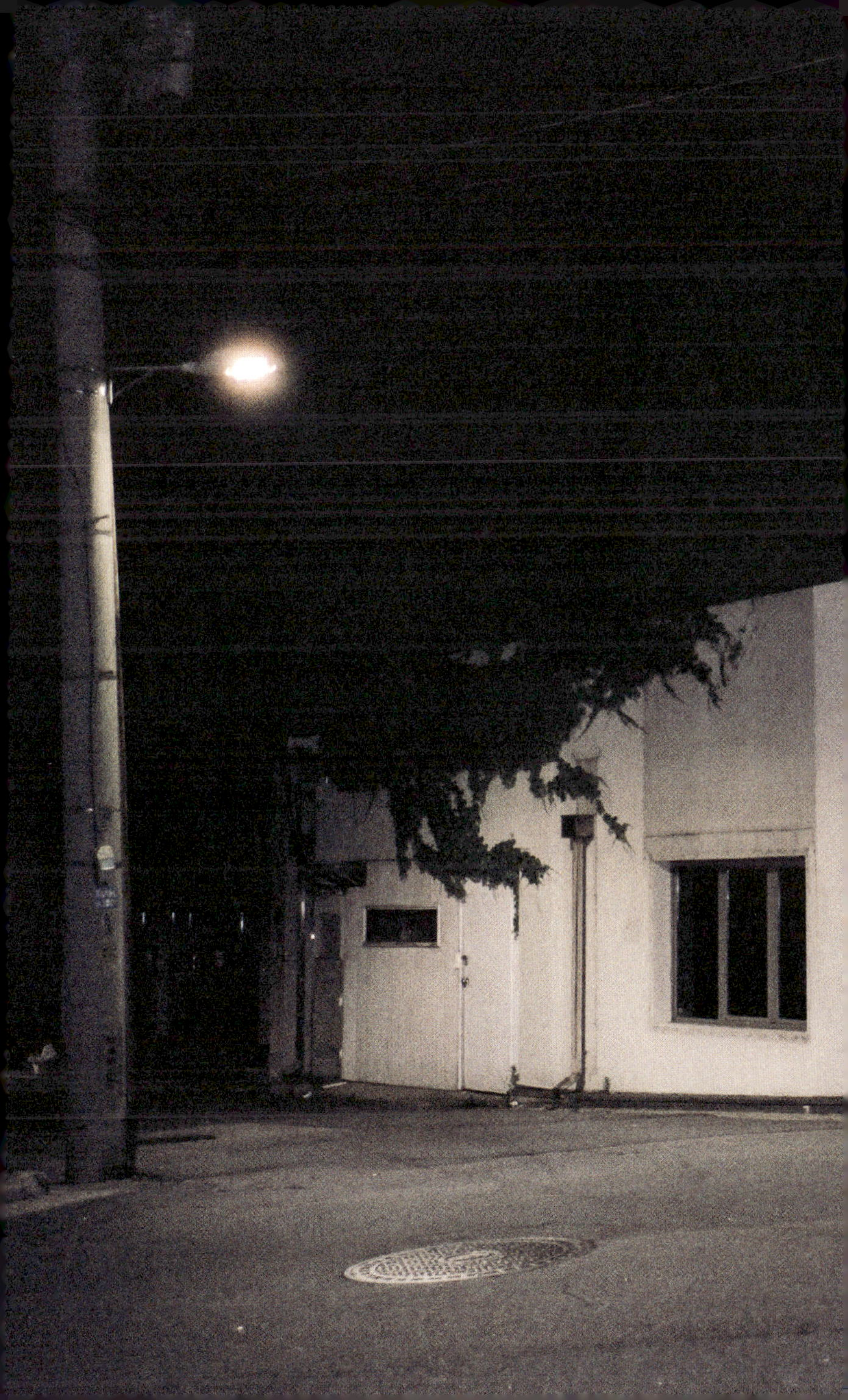

侯孝贤

说到侯孝贤,在中国台湾地区,他就像是黑泽明一样的存在。我特别喜欢他的自传电影三部曲,尤其是《童年往事》。我也喜欢他的历史题材三部曲。其中让我惊讶的是《最好的时光》。但我第一次看的侯孝贤作品,也是至今我最喜欢的《悲情城市》[1],是一部围绕着国民党政府对台湾人民的大规模镇压这段痛苦的历史来讲述的电影,电影的处理方式在台湾当地引发了批评性的意见——这一点我是通过《侯孝贤的诗学与时间的棱镜》这本书才知道的。侯孝贤比我大5岁。在国民党政府对台湾人民进行镇压的二二八事件[2]发生的1947年,侯孝贤出生于中国广东省。在他一岁时,全家移居台湾。这些事件的影响必定深深地刻印在他的身心之上。

我们在观赏电影时，单纯认为某部作品是一部好电影，这本身并没有问题，但这并不足以让我们理解侯孝贤，或者广泛地说，理解台湾电影。例如侯孝贤和他的挚友杨德昌[3]的电影作品中出现的日式住宅。起初，我只是在心里"哎呀"了一下，并不理解个中真意。但在了解了与日本有着深刻联系的中国台湾地区的近代史，以及之前与明、清的关系，了解了其地缘政治位置、历史、语言和社会的构成之后，对电影的解读也就会变得不一样起来。对这个不比九州大多少的岛屿上的多元且复杂的社会构造了解得越多，对台湾地区及人民的爱就越深。但即便如此，我也不过是略懂皮毛而已。

至于侯孝贤电影的风格，我无须再赘述。没有说明，省略的部分很多，长镜头也很多，摄影机不怎么移动。而我最喜欢的一点，是极其缓慢的节奏。没有事件发生，有时候不仅没有事件，甚至什么都不发生。在描绘历史时，人们通常会陷入在时间线上打点式的思维模式,但侯孝贤不是去打点,而是试图完整地去提取被历史所折磨的人们的日常的本来面貌。而历史就在人们的日常生活之中浮现。父亲去世,兄长被枪杀,尽管发生了许多悲剧,家人们还是要吃饭。留在人世的祖父今天也要吃饭。摄影机拉得越远,对主要人物或事件的聚焦就越模糊,日常生活就越显现出来,节奏也就越慢,起承转合就像是消失了一样。侯孝贤似乎是把重点放在描绘人们日常生活中的时间流逝,也就是中文里的"时光"——这是多么含蓄的一个词啊——之上。

我开始有意识地观看电影是在20世纪60年代中期,起初是受到了戈达尔和大岛渚的影响。在1959年到1960年左右,新浪潮运动在法国和日本电影界中举起了反旗。尽管都是亚洲国家或地区,但日本在电影制作上有着相当深厚的积累。

20世纪80年代之初,杨德昌在美国学习电影制作后回到中国台湾,为台湾电影界带来了新风,这激励了侯孝贤和年轻的电影人。他们开始拍摄与以往的台湾商业电影不同的新作品，这些作品后来被称为"台湾新浪潮电影"。在台湾拍电影艰难困苦，电影制作专业人士稀缺，传统狭隘，资金不足，因此不得不使用业余演员，等等，这些现实情况的限制实际上反而促成了侯孝贤等导演们新电影风格的形成。

我想，在侯孝贤电影的底层流动着的可能是对身为台湾人的自我认同的探询吧。这也等同于在问台湾到底是什么。由于其复杂的民族构成、语言和根源，对每个人来说，答案可能都不一样。侯孝贤一直在追问：台湾到底是什么？

2019年10月号

《侯孝贤的诗学与时间的棱镜》

前野道子、星野幸代等编　Arumu出版

这是一本中国台湾、中国香港、美国、加拿大、日本的评论家关于侯孝贤电影叙事风格的论文集，共7篇。书中还收录了邀请侯孝贤和编剧朱天文在爱知艺术文化中心举行研讨会的记录和在关西大学举行演讲的记录。这些不同评论家的视角与创作者本人对作品的看法被整合在一起，为读者提供了拓宽对侯孝贤电影的思考的可能性。

> **侯孝贤**：1947年出生于中国，电影导演、制片人，是20世纪80年代台湾新浪潮电影的代表人物。1989年，他执导的电影《悲情城市》在威尼斯国际电影节上获得金狮奖，由此确立了其国际评价。

1. 电影作品以1945年8月15日本对中国台湾统治结束到1949年国民党政府成立这4年的动荡时期为背景，严肃地描绘了当时台湾社会的状况。
2. 1947年2月28日发生在台湾的大规模抗议事件。这场涉及全台湾的暴动以及国民党政府对人民的无差别拷问和处决导致了许多人受伤和死亡。
3. 1947年出生于上海（2007年逝世），电影导演。1986年凭借电影《恐怖分子》获得金马奖最佳作品奖。还获得了戛纳国际电影节最佳导演奖等，是台湾电影界的核心人物。

Edward Yang
杨德昌

电影导演
1947—2007

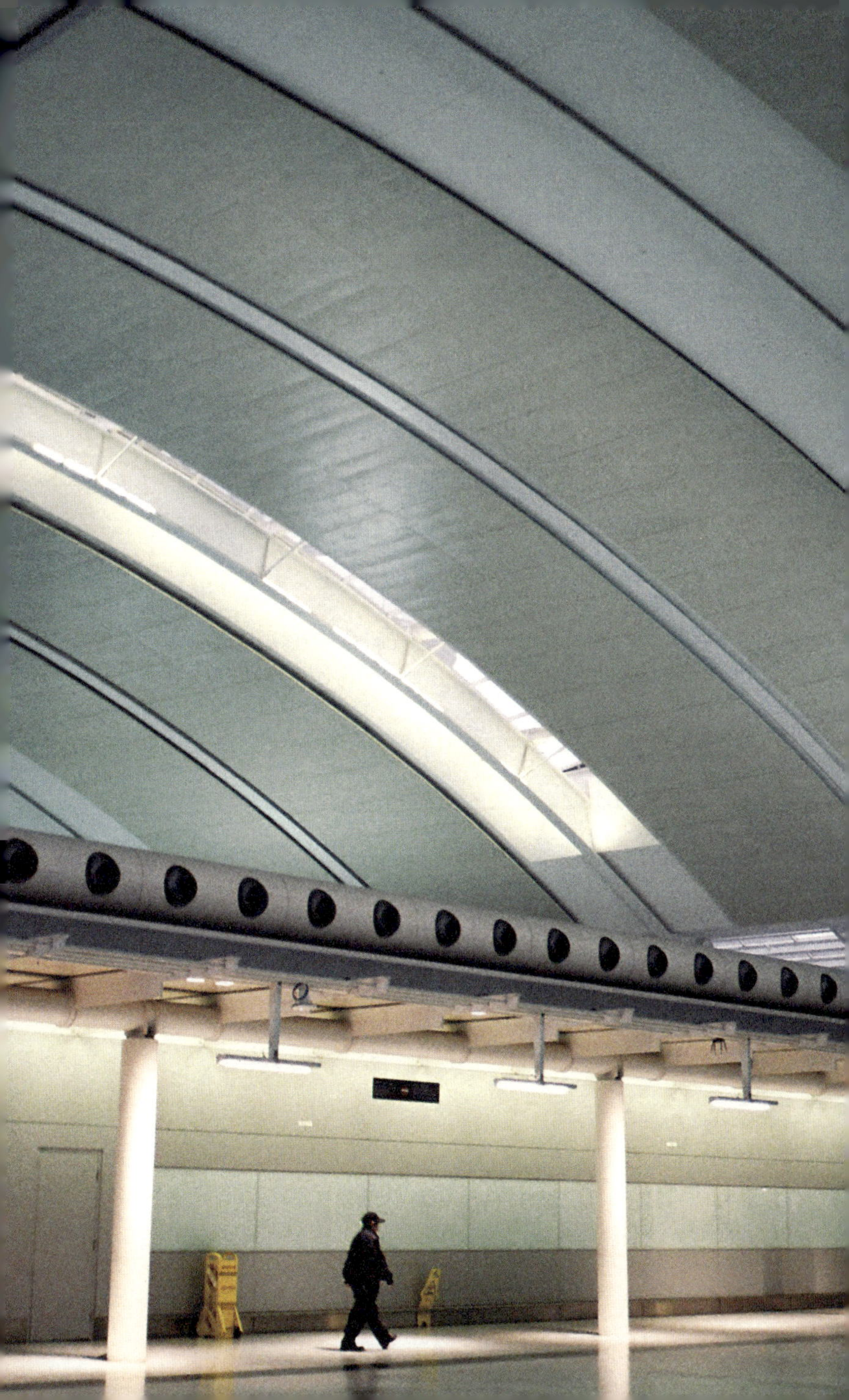

杨德昌

1982年，当台湾仍处于军事独裁政权的统治之下时，杨德昌、陶德辰、柯一正、张毅合作的电影《光阴的故事》公映，标志着"台湾新电影"风潮的开始。台湾解除戒严令是在实行该令38年后的1987年。这意味着新的电影潮流在5年前就已经在台湾诞生了。不仅是中国台湾，世界其他地方也处在巨大的变化中。同年，韩国实现民主化；几年后，柏林墙倒塌，苏联解体。长期以来笼罩在与大陆剑拔弩张的气氛下的台湾，也在冷战结束后，迎来了资本主义经济的快速流入。

1991年，杨导演发表了作品《牯岭街少年杀人事件》[1]。回顾过去的台湾社会，探讨身份认同，这在国民党统治时代是不可能的事情。《牯岭街少年杀人事件》中有象征那个时代的场景。全家人围坐在餐桌旁，隔壁杂货店传来桥幸夫演唱的《潮来笠》。母亲感叹："打了8年的日本，现在却住在日本房子里，听日本歌。"《潮来笠》当时在日本大受欢迎，这首歌深深地留在我的记忆中，但谁能想到它会在台湾出现呢！这不禁让我心情复杂。

从1947年到1949年，数百万军人、文化人、技术员随蒋介石迁移到台湾，他们用日本人留下的日本房屋作为临时住所。杨导演是一个观察者。他仔细观察自己的少年时代，并精心设计社会的各种面貌。

从20世纪90年代中期开始，杨导演的创作风格发生了巨大变化。全球资本主义的迅速流入，使得城市的发展和人们的生活节奏戏剧性地加快。在《独立时代》[2]和《麻将》[3]中描绘的台北，与《牯岭街》中的大相径庭。

2000年，杨德昌的最后一部电影《一一》[4]

与前两部作品中描绘的处于剧变中的台湾面貌拉开距离，用静谧的笔法描绘了一个三代同堂的家庭故事。正如小津安二郎的电影在战后崩溃的家庭体制中，仍以温柔的目光描绘个体与个体之间虽不稳定却依然存在的联系，《一一》中总是穿着宽松西装的父亲NJ和幼小的洋洋之间的关系，以及父亲与旧爱的重逢、长女的爱情故事，都令人难忘。那个总是拍摄着他人看不见的后脑勺或建筑物天花板角落的小洋洋，让人联想到导演本人。杨德昌致力于捕捉持续变化的台湾社会，不仅仅是观察，他还试图揭示看不见的结构。他在教授电影课程时曾对学生们说："制作电影最重要的是结构。"社会的结构和电影的结构，如何将这两者的叠写美妙地构建起来。像杨德昌那样观察和分析对象与关系，并将其结构化，转化为电影——这一视角对当前观察日本乃至全球的方式都提供了极大的启示。观看杨德昌的电影，绝非只是沉湎于怀旧情怀。

　　杨德昌可能一直是个异乡人。他在上海出

生，学生时代在美国流浪，这些经历可能也影响了他。当他决心拍摄电影时，他放弃了在美国做工程师的职业生涯，返回并不理想的台湾电影制作环境中。然而，遗憾的是，台湾社会并没有对杨德昌的电影给予足够的宽容。

就像侯孝贤一样，对杨德昌而言，拍摄电影无疑是审视自我身份、观照变化中的台湾、从台湾出发看世界的方式。

2019年11月号

《杨德昌：再思考/再见》

Film Art社编辑部编　Film Art社出版

在导演杨德昌逝世10周年、诞辰70周年的2017年出版的这本书，可以说是对其作品进行解读的入门书和研究书。本书收录了莲实重彦、片冈义男等电影学者对《牯岭街少年杀人事件》的介绍，以及对杨导演的"学生"鸿鸿、王维明、陈骏霖的采访等多位相关人士的证言和论考，对杨德昌留下的作品、工作和其人进行再思考。

杨德昌：1947年出生于上海（2007年逝世），两岁时移居台北，电影导演。曾获得金马奖最佳作品奖、戛纳国际电影节最佳导演奖等多个奖项，是台湾新浪潮电影的代表性人物。

1. 1991年上映，以1961年发生的一起14岁少年杀害少女的事件为灵感制作的青春群像剧。被选为亚洲百佳电影，是导演的代表作之一。
2. 1994年上映，以20世纪90年代经济高速成长的台湾为背景，描绘了在现代都市台北生活的年轻人在两天半的时间里所遇到的生命转折点。
3. 1996年上映，讲述在台北生活的四名问题少年和一名法国少女的青春群像剧。真实刻画了泡沫经济末期的台湾的社会面貌。
4. 2000年上映，讲述在台北与外祖母、父母、姐姐一起生活的8岁少年洋洋的故事。某一天，家庭面临各种问题，电影描绘了家庭成员在生活中的细微变化。

Kenji Nakagami
中上健次

小说家
1946—1992

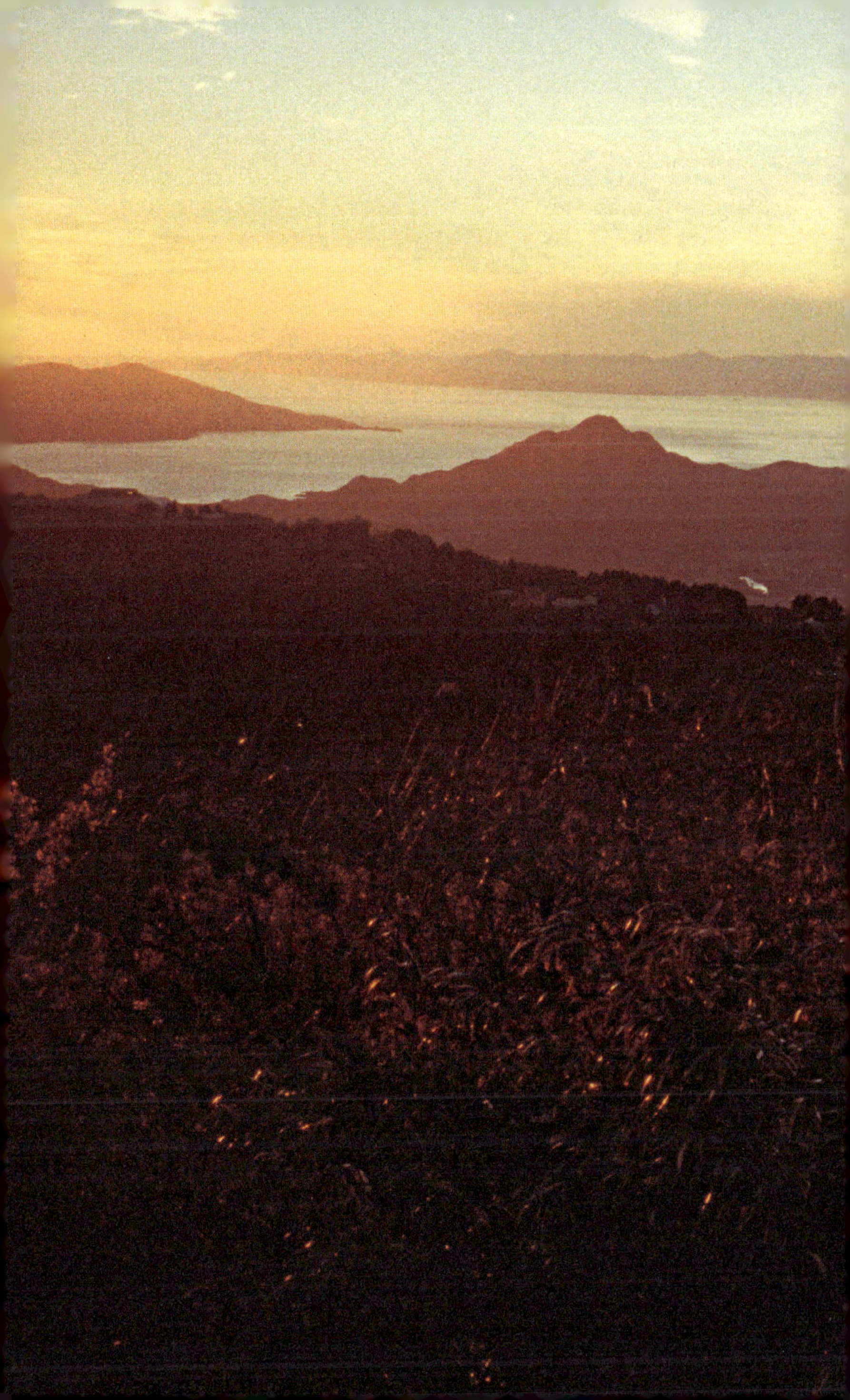

中上健次

　　《旋舞的首尔》是中上健次在着迷于韩国首尔的时候，于住在那里的六个月期间所完成的报告文学。与筱山纪信的摄影相结合，每次翻开这本书，我都能被唤起兴奋之情。实际上，我也在同一时期的1981年首次去了首尔。那次旅行给我带来的冲击太强烈了，基于那时的印象，我创作了一首名为 *Seoul Music* 的曲子，并收录在YMO的专辑 *Technodelic*[1] 中。这首曲子中有许多与中上所写的内容相重叠的部分。时隔几十年，重新阅读这本书，我感觉中上看到的韩国仍然那么生动，一点也没有过时。我至今仍然清晰地记得我站在首尔街头时的那种似曾相识的感觉。只要把韩文字符稍做改变，就像是我非常熟悉的东京，这反而让我产生了一种仿佛误入科幻小说中的平行世界的错觉。中上在首尔住了半年，带着满溢的知识好奇心深入韩国社会，交了许多朋友，学会了韩国语，在短时间内洞察了韩国社会的本质，清晰地进行了分析，并出版了这本书。我也想做同样的事情。我想看看中上所看到的韩国。

中上在19岁时从纪伊半岛的新宫来到东京，在新宿遇到了爵士乐，并沉浸在享受爵士音乐的日子里。尽管我和中上之间有5岁的年龄差，但几乎在同一时期，我也几乎每天都浸泡在新宿的爵士乐中。其中，约翰·科尔特兰尤其特别。中上也非常喜欢科尔特兰，并受到了他巨大的影响。中上的文章有着执拗的重复和非常黏稠的质感，坦率地说，我觉得有些难以阅读。然而，当我意识到这些文章"就像科尔特兰的音乐一样"的时候，我便学会了跟随其独特的节奏，反而觉得非常舒服，任由它们渗入了我的身体。中上健次的文章，就是爵士乐。

我第一次遇见中上是在20世纪80年代初期，

他看了电影《圣诞快乐，劳伦斯先生》后，不知为何对我产生了兴趣，所以我受邀去见他。从那以后，我们就成了非常好的朋友。我总是受到与中上的对话和他的书籍的启发，我觉得我们之间有很多共鸣。当他的《千年的愉乐》[2]出版时，我一读完就自作主张地认为："这必须要拍成电影，应该由贝托鲁奇来拍。"尽管我当时还没见过贝托鲁奇本人，但我还是把这个想法告诉了中上，他也非常高兴地同意了。于是我们俩兴冲冲地去请角川春树先生提供资金。角川先生也非常热情地说："这个必须得让我来制作。"我们听后相视一笑："完蛋了。"——这成了一段令人怀念和微笑的回忆。

中上写了许多以自己所成长的被歧视的部落"路地"[3]为背景的小说。"路地"的道路旁边就是在日社区，他说他经常和那里的人一起玩耍。因为从小韩国就在旁边，所以当他去首尔时，他写道自己并没有感到任何不适。虽然"路地"这样的被歧视部落看起来可能非常封闭且血缘关系深厚，但旁边就是朝鲜半岛，那里可能孕育了一种超越国界的感觉。我回想自己的童年时，觉得"不同"是非常重要的感受。不同的语言，不同的出身，不同的阶层，不同的面貌。存在不同的人，存在不同的自己，有这样的感觉。于是从中生发出一种从客体的角度看待自己的视角。中上在他未完成的遗作小说《异族》[4]中描绘了跨越国界的亡命之徒们的联系。或许他一直梦想着从"路地"自由穿越，到生活在无国界世界中的人们的网络之中去。

中上在短暂的一生中释放了巨大的能量，似乎就像在瞬间穿越宇宙到了遥远的地方那样。

2019年12月号

《旋舞的首尔》

中上健次、筱山纪信著　角川书店

自从在韩国取材以来，被这个国家的气氛所吸引，并曾独自在这里生活过的中上健次，与摄影家筱山纪信一起走过中上所说的"热气腾腾、仿佛要爆炸的首都"首尔的街道，亲眼所见所感的记录就是《旋舞的首尔》。结合使用了三台相机拍摄的三面照片"筱影画"，用日本人的视角，对基于个体经验的"此刻、眼前的首尔"的样子进行了描写。

中上健次：1946年出生于和歌山县（1992年逝世），小说家。1976年凭借以自己的家乡为背景创作的作品《岬》获得芥川奖，由此成为战后出生的作家中首位芥川奖获得者。作品《枯木滩》获得了每日出版文化奖、艺术选奖新人奖。

1. 1981年发行的专辑，包含了相机操作声和工厂噪声等非乐器音。这种以编辑节奏为基础的创作手法对音乐行业产生了巨大的影响。
2. 1982年出版的短篇小说集，以纪州南端的"路地"为舞台，通过神话世界描绘了年轻人的色情、无法无天、生与死的古典文学作品。
3. 中上健次公开表明他出身于被歧视的部落，并将之称为"路地"。以"路地"为舞台的著作《岬》和《枯木滩》被称为"纪州熊野传奇"。
4. 1993年出版，在杂志《群像》上长期连载的中上健次最后的长篇巨作。描绘了超越民族，在日本共同生活的男人们由"青瘀斑"引导的奇特命运。

John Cage
约翰·凯奇

音乐家
1912—1992

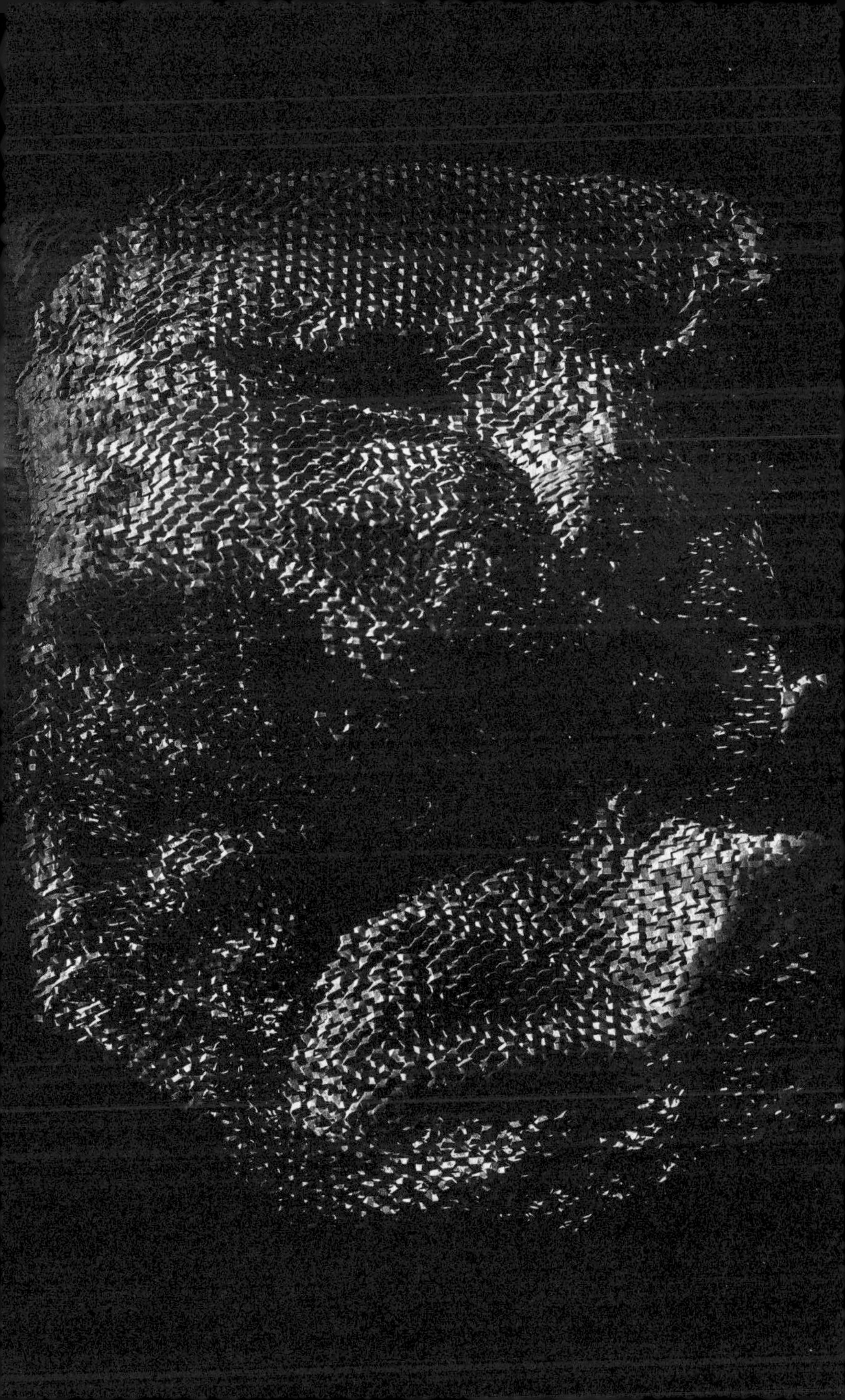

约翰·凯奇

作为20世纪代表性的实验音乐作曲家,约翰·凯奇在幼年时期也喜欢演奏莫扎特和贝多芬的作品,这一点我在知道后感到非常惊讶。汇集了凯奇在1948年和1989年讲演的《约翰·凯奇:作曲家的告白》是一本了解他的人生和创作起点的好书。

凯奇的音乐生涯在大学辍学后开始,他在欧洲学习了3年,随后遇到了阿诺德·勋伯格[1],并开始在他的指导下学习。这时他的音乐生涯迎来了一个转折点。凯奇考虑音乐不是依赖感性,而是基于系统,他与发明了十二音技法的勋伯格产生了思想的共鸣。然而,勋伯格对他说了决定性的话:"你没有和声的感觉。"因此,他作为作曲家是困难的。这或许成了转机,凯奇开始寻找他真正追求的音乐。在各种各样的相遇中,他逐渐形成了这样的观念:一切事物都寄宿着固有的精神。所以他自然而然地开始在作曲中使用打击乐器、噪音,包括存在的所有声音。因为被敲击的任何物品都可以成为打击乐器,所以深入厨房或废品置放处,编写打击乐器的乐曲,这对凯奇来说是水到渠成的事情。凯奇的新颖之处在于他不区分音乐中使用的乐音和未被使用的噪音,而是使用了一切声音。然而,仅是罗列声音并不构成作曲家的工作,关键在于如何处理每个声音之间的关系。给声音提供场地,这成了他所认为的作曲家的工作。36岁的凯奇曾这样表达:"对我来说,音乐意味着组织声音。"

凯奇一生都与舞蹈相伴。他为默斯·坎宁汉[2]创作了许多曲目。需要凯奇将各种物品作为打击乐器使用的,是舞蹈界的人们。这无疑是因为他们的耳朵是自由的。而且,即便是不规则的声音,其中也存在着某种节奏。舞蹈作为一种随时间移动的艺术，它在空间和时间中创造动作之间的关系，很可能与音乐是非常接近的存在。

后来，凯奇面临了"人们为什么要作曲"这个问题。在与印度音乐家的相遇，或是研究中世纪基督教的神秘主义，阅读荣格的著作的过程中，他触及了时间的概念。现代人的时间被分割，并被必须做的事情占据。凯奇将这种不健康的时间使用方式称为"占领"（occupation）。凯奇认为，解放人们免于这种"占领"，是音乐的职责之一。不是让自己的时间被外在因素占领和分割，而是通过无心（心无旁骛）来实现自我整合。当人们全神贯注于作曲、演奏、聆听音乐或沉浸于某事时，就会进入这种无心状态。于是，凯奇想到"是否能将沉默罐装起来出售"，最终在1952年推出了那首著名的沉默音乐《4分33秒》[3]。没有音符，演奏家不演奏。这样真的可以称为作曲吗？但是，凯奇一生坚持的是将时间组织化。《4分33秒》就是作曲家的工作，它将充满的声音通过时间划分呈现。

然而，这部沉默的音乐作品的诞生源于一个有趣的认识：这个世界上不存在沉默。此外，凯奇深受禅宗影响，但他说自己从未盘腿冥想，这也很有意思。

我是否一直只是出于知性的兴趣来聆听约翰·凯奇的音乐呢？现在，我开始聆听事物的声音，思考时间，他的音乐变得更加亲近了。

2020年1月号

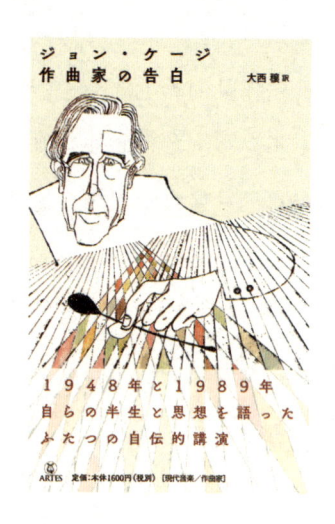

《约翰·凯奇：作曲家的告白》

约翰·凯奇著　大西穰译　Artes Publishing 出版

本书翻译了约翰·凯奇讲述自己音乐创作历程的两次演讲。第一次演讲是在1948年，是他30多岁时的"作曲家的告白"；第二次则是在1989年，是他77岁获得京都奖访问日本时的"自传"。两次演讲都详细讲述了他从开始接触钢琴的幼年时期直到后来对音乐的态度、与人交往、作曲技巧的变化，以及对现代美术、现代舞蹈、禅宗和东方思想、园艺与食用植物的兴趣等。本书是了解身处现代音乐前沿的凯奇一生的必读书。

约翰·凯奇: 1912年出生于美国(1992年逝世),现代音乐作曲家,曾师从阿诺德·勋伯格、阿道夫·魏斯、亨利·考威尔。凭借发明了预制钢琴(Prepared Piano)和引入偶然性等,给战后的现代音乐界带来了冲击。

1. 1874年出生于奥地利(1951年逝世),作曲家、指挥家、教育家,被认为是开创十二音技法的近代音乐史上的重要人物。代表作包括《六首钢琴小品》等。
2. 1919年出生于美国(2009年逝世),舞者、当代舞蹈家、编舞家。他认为舞蹈和音乐虽然共享相同的时间,但应该进行独立创作,从而扩展了舞蹈的可能性。
3. 由三个乐章组成的作品。乐谱上所有乐章只标记了"tacet"(静止),在4分33秒的时间内,演奏者不发出任何音乐声响。这是20世纪前卫音乐的代表作之一。

Masaaki Ueda
上田正昭

历史学者
1927—2016

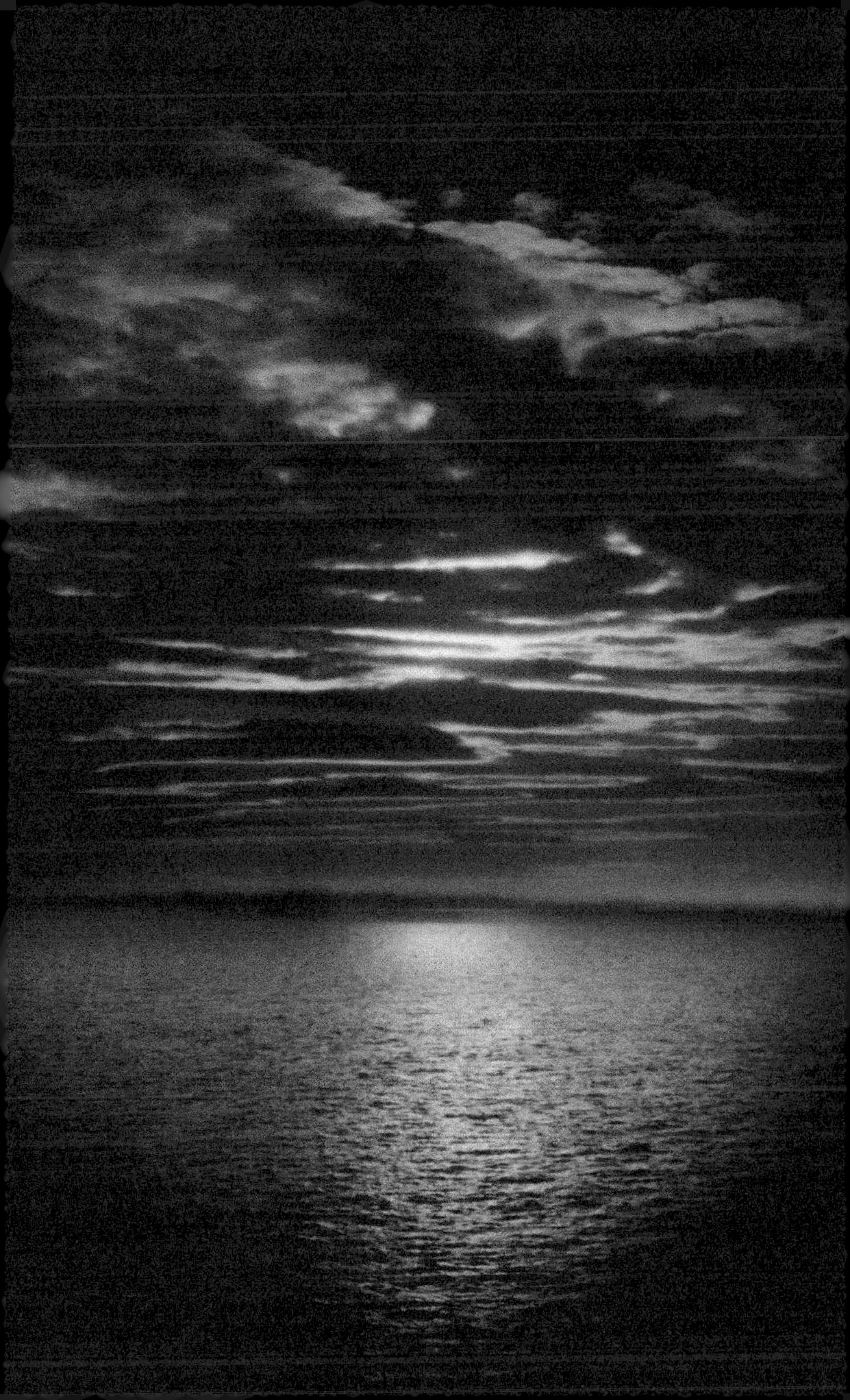

上田正昭

我们的祖先到底是从哪里来的呢？当然，如果追溯的话，我们都是离开非洲的几十个家庭的后代。但是，那些到达这个列岛的人是通过什么样的路线和方式来的呢？我从十几岁开始就对"我们来自哪里"这个问题产生了兴趣，带着极大的兴趣阅读了许多古代史、人类学、考古学等方面的书籍。我是听周围的大人们仍然谈论着"最近发生的那场战争"会感到很奇怪的一代人，我认为单一民族论显然是错误的。我想象这个列岛上肯定有来自西边、南边、北边的各种不同的人在长时间内迁移而来，这种想法在我看来是极其自然的。

上田正昭不仅是古代史的权威学者，还是一

位神社宫司，也是一位歌人。他曾在国学院大学师从折口信夫，战后不久重新进入京都大学学习历史学。他的同学和朋友们有很多都成了士兵，再也没有回来。他可能对战前的超国家主义历史观有着强烈的反感，也因此深刻认识到历史观对人们的影响有多大。上田不仅仅从列岛内部考虑古代史，还考虑到了列岛与中国、朝鲜半岛等东亚地区的交流关系，建立了被称为"上田史学"的学问。我对上田的这种态度感同身受。他关于东亚地区紧密的交流和影响关系的研究详细地写在了《渡来的古代史：谁塑造了国家的形态》一书中。有趣的是，这本书的许多历史出处都来自《日本书纪》。在读《渡来的古代史》之前，我没有想到《日本书纪》中会如此详细地记载这么多渡来人的事情。看来我需要重新阅读"记纪"[1]了。

在古代，众所周知，许多先进的文化和技术是通过朝鲜半岛传入日本的。儒教和佛教、官职和税收等制度，以及汉字，都是如此。"汉字的传来"是任何人都会在学校里学到的，但汉字的传来意味着传播它们的人们——包括来自新罗和百济[2]的人们——也带来了书籍。渡来人中有许多高僧、王族和贵族，还有侍奉他们的人。他们中的许多人受到朝廷的宠爱和优待，成为财政和军事上的领袖，还有许多人成为地方豪族。其中有一些人的名字，至今几乎所有日本人都知道。此外，日本各地还残留着与这些氏族有关联的寺庙和神社。就这样，随着时间的推移，他们逐渐在日本社会扎根。

我们从朝鲜半岛学到了许多文化和技术，因此我们应该尊敬那里的人们。然而，《日本书纪》编纂的时候，已经开始强化上田所说的"日本版中华思想"。当时的朝鲜半岛上存在的三国，即高句丽、新罗和百济，时不时因为与邻国唐的政治状况变化而向日本寻求援助。为了拯救百济，日本甚至出动了数万军队与唐和新罗军队作战[3]。当百济灭亡时，许多百济人逃到了日本。在这样的情况下，朝廷逐渐开始将日本视为仅次于唐的巨大势力，看低朝鲜半岛的各国。这种观念根深蒂固。

历史上，日本一直在朝鲜半岛、中国、俄罗斯的强烈影响下存在。众所周知的中日甲午战争和日俄战争，实际上是因日本争夺朝鲜半岛的领土权而发生的，这是学校里不会教的。100多年前的事件，包括朝鲜半岛的南北分裂，至今仍对现代产生影响，而东亚的政治力量布局与100多年前惊人地相似。

我认为，如果不了解历史，就无法正确看待现在和未来。如果上田还活着，他可能会严厉批评现今的风潮。既然他无法实现这一点，我希望通过他的著作来加深自己的理解。

2020年2月号

《渡来的古代史：谁塑造了国家的形态》
上田正昭著　角川选书

这是一本将"归化"和"渡来"这两个词语明确区分，并且在古代史中提供划时代视角的泰斗之作，结合近代的调查结果论述了"渡来人和渡来文化"的内容。渡来人对古代日本有哪些影响？从东亚的视角出发，这本考察集多角度地呈现了在构成日本起源的古代史中不可或缺的渡来人的出现及其角色，以及在思想、文字、宗教等方面对古代国家形成的影响。本书分为"归化与渡来"和"渡来文化的诸相"两部分，展现了日本古代史的真实面貌。

上田正昭：1927年出生于兵库县（2016年逝世），历史学者、京都大学名誉教授，因日本/东亚的古代史研究而知名。著有《日本神话》《古代传承史的研究》等书。曾获得南方熊楠奖等多个奖项，勋二等瑞宝章获得者。

1. 日本古史书《古事记》和《日本书纪》的合称。——编者注
2. 古代朝鲜的三国之一。公元前1世纪，马韩北部的伯济部建国，即为后来的百济。660年，被唐和新罗军所灭。与日本有友好关系，传播佛教和大陆文化。
3. 663年，为了复兴百济，日本和百济遗民的联合军与唐和新罗联合军进行"白村江之战"，但遭到唐水军重创，日本势力从朝鲜半岛撤退。

Carlo Rovelli
卡洛·罗韦利

理论物理学家
1956—

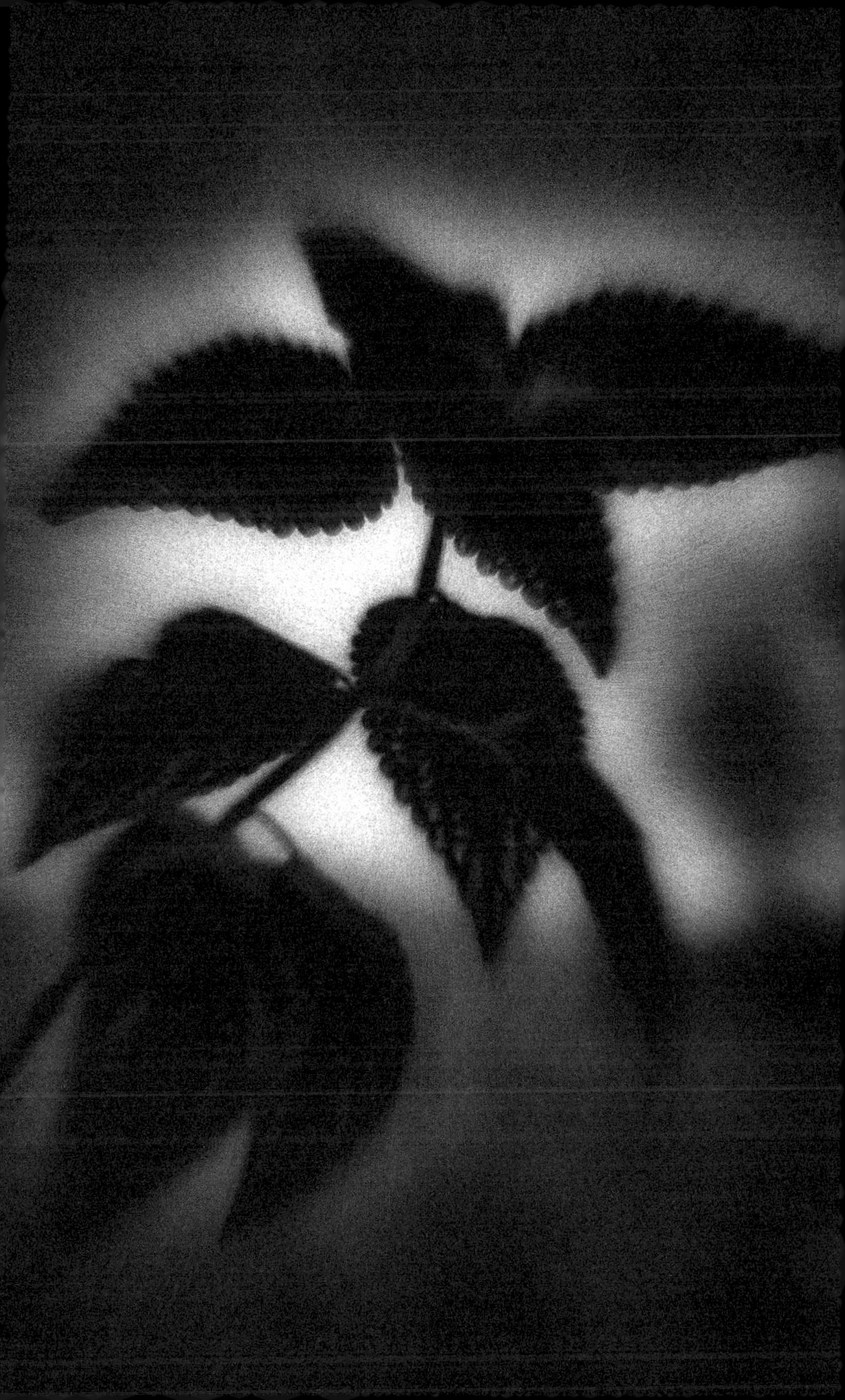

卡洛·罗韦利

为了创作以"时间"为主题的剧场作品，这几年来我一直在阅读与时间相关的书籍。这本《时间的秩序》正是我所期待的。这本书由意大利理论物理学家卡洛·罗韦利所著，不仅引用了专业的物理学知识，还引用了文学、哲学、音乐、诗歌等，包含人类关于时间的思考的许多历史遗产，与一般的科学书籍不同，让人感受到丰富的文化修养和诗意。这次我将稍微改变一下方式，不做这本书的解说，而是尝试挑选一些我感到受启发的词句来解读。

"这个世界不是一个按照指挥官决定的节奏前进的小队，而是一个彼此相互影响的事件网络。"

管弦乐队的成员遵循指挥的节奏,各自执行分工。即使是没有指挥的室内乐队或摇滚乐队,每个人也会遵循中心的节奏(时间!),扮演各自的角色。但世界并非如此。

物体会减慢其周围的时间,在地面和山上呈现出不同的时间,这是重力不同所致。宇宙中并非到处都有共通的时间在流动。这非常接近我感受世界的方式。确切地说,这就是"异步"(async)。我在专辑《异步》中想要对"同步"(sync)表达质疑,正是因为我对我们所有人共享的单一时间的存在表示怀疑。

"过去和未来之所以不同,仅仅是因为观察这个世界的我们自己的视角是模糊的。"

我们之所以会觉得时间像是"存在"的,只是因为视野的"模糊"而已。比如,远处可见的山,到底哪里才是那座"山"呢?当然,这样的划分是不可能的。人类仅仅是将那土和石的堆积,以某个特定的名字来称呼而已。我们对于世界的看法,不就是这样的吗?

"时间的流逝或许并不是这个宇宙的特征。就像天空的旋转一样，它可能只是我们身处这宇宙一隅的人们眼中的一种特殊景象。"

我们无法从外部观察这个世界。我们必须不忘自己总是从内部的某个点来看待世界的。从那个角度看，天空似乎在旋转，时间似乎在流逝。但那并不是真相。我们可能永远也无法知晓真相。我常常这样想：自然会展现出我们希望看到的样子。如果我们认为有原子，就会看到原子的世界；如果我们认为有量子，就会看到量子的世界；如果我们认为有引力波，就会看到引力波。我们不禁会觉得，我们是在向世界投射自己的想象，看到我们想看到的世界。这难道不是从猿类进化而来的智人所独有的幻想能力吗？

"时间是衡量变化的东西，如果没有任何变化，时间就不存在。"

这是西方最早认真思考时间是什么的哲学家亚里士多德的话。我在学生时代也曾对朋友说过，如果没有任何变化，我们就无法认识到时间。"仿佛时间停止了",当什么变化也没有发生,连一丝声音也没有的时候,任何人都可能会这样表达。对地球上的生物来说,最大的变化指标是太阳。如果没有阳光的变化,我们就无法计量时间;也就是说,没有了"时间"。正如海德格尔所言,时钟是模仿太阳运行而制造的。

普鲁斯特[1]写道:"现实仅通过记忆来形成。"让我们想象一个没有时间的世界吧。我开始意识到"我们自己就是时间"。时间或许就是记忆。如果没有存在记忆的我们,那么时间也就不复存在。时间不存在。

2020年3月号

《时间的秩序》

卡洛·罗韦利著　NHK出版

这本书以"时间的崩溃""没有时间的世界""通往时间之源"的三部分结构，展开探讨了"这个世界没有根源性的时间"这一主题。前半部分从物理学的角度出发，论述了"时间不存在"的观点；后半部分则结合哲学和脑科学的知识，讨论了"我们为什么会感觉到时间的存在"。书中还使用了神话、宗教、古典文学等资料来解释这一难以理解的主题，并用文学化的笔触使之平易近人。这本书已成为在35个国家出版的畅销书。

卡洛·罗韦利：1956年出生于意大利，理论物理学家，提出了"圈量子引力理论"。他著有《现实不似你所见》，并因此获得伽利略文学奖。他的另一本书《七堂极简物理课》成为全球销量超过百万册的畅销书。

1. 马塞尔·普鲁斯特（1871—1922），小说家。在其巨著《追忆似水年华》中提出了"无意识的记忆"等概念，对现代文学产生了深远影响。

Kohei Saito
斋藤幸平

经济思想家
1987—

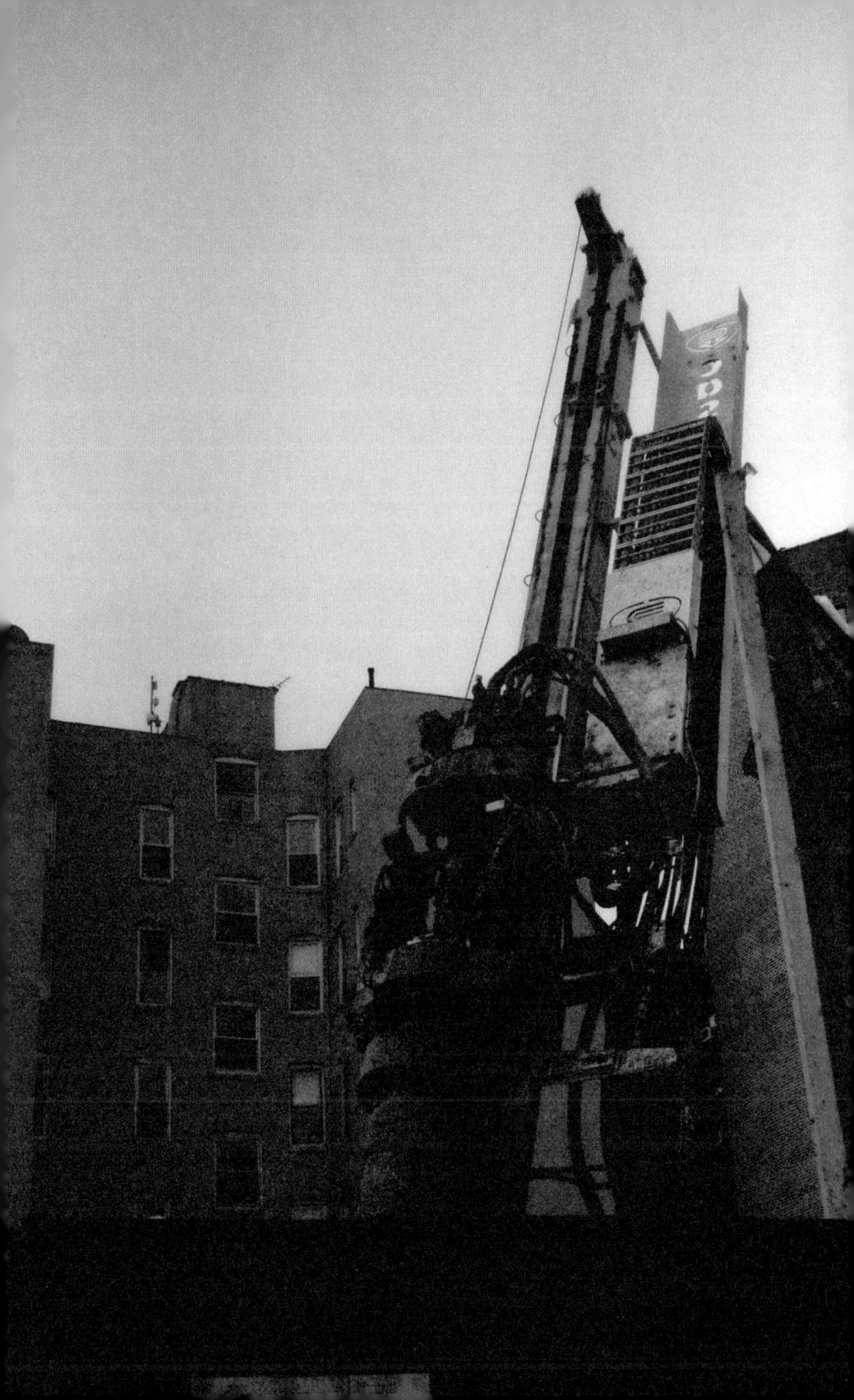

斋藤幸平

我们绝不能从绝望的状况中移开目光,并且必须认真思考在这个地球上,使我们能够生存的环境将会怎样变化,为了下一代,也为了未来的世代。因为我们和他们,以及其他种类的生物,一起分享这个星球。在阅读斋藤幸平与迈克尔·哈特激励人心的对话时,我深有此感。

在谈到改变社会的时候,在日本,人们往往会简单地说"去参加选举吧"。这并没有错,但它不是唯一的选择。然而,在日本,除了选举,很少有其他途径可以参与政治。还有一种观点是想要赢得选举,就需要有极具魅力的领导者,但我认为这种想法已经过时了。

在美国,2016年的总统选举中出现了"桑德斯现象"[1]，随后诞生了许多被称为"桑德斯之子"的议员。特别是女性和少数族裔政治家的崛起非常显著，这一趋势至今仍在持续。我认为迈克尔·哈特指出的特别重要的一点是，桑德斯并不是一个单纯地作为特朗普对立面的自由派魅力型人物。最初支持桑德斯的群体是12年前雷曼危机后，反对财富垄断的"占领华尔街运动"[2]的参与者。随着少数人的财富垄断趋势加强，各种运动也在持续进行。学生的奖学金或贷款问题、老年人和贫困人口的医疗费问题等愈演愈烈，成为财富垄断牺牲品的人们的运动集合体支持着桑德斯。桑德斯并没有创造社会运动，而是广泛的社会运动推动了桑德斯的崛起。

再有一点，迈克尔·哈特指出的重要观点是"公共领域"（commons）的概念。这个概念起源于英国耕种农民和酪农拥有共同的土地，并共同运营称为"公共领域"的制度，但哈特将其定义为"民主共享和管理的社会财富"。水和电力等资源可以被视为地球上所有生物的"公共领域"，而地球本身也是公共领域。我向来就无法接受像水和土地这样来自地球恩赐的资源被某人私有的想法。19世纪被白人征服的美洲原住民首领西雅图曾经说过他无法理解出售大地母亲的概念，我深表赞同。在资本主义之下，资本家或企业将地球资源作为商品，将其转化为货币价值以增加资本。这几年，日益加剧的气候变化是这种扭曲所带来的不可避免的结果。如果继续沿着当下的资本主义途径榨取自然资源，那么未来将无路可走。很多人已经开始意识到这一点，"后资本主义"[3]这个词也越来越常听到。顺便说一句，据说卡尔·马克思在晚年留下了大量关于自然科学和环境的笔记，斋藤幸平正在参与将这些笔记付诸出版的德国项目。如果我们将地球视为公共领域，那么可以说马克思所倡导的是"公共主义"，也许马克思自己就是这么想的。

人类是脆弱的，在面对自己无法解决的巨大问题时，我们往往会转移视线，倾听那些令自己感到舒适的声音。经济体系、全球变暖、放射性污染、战争等，现代社会充满了这样的巨大问题。曾经在冷战时期，人类创造的军事力量据说足以多次摧毁地球。现在这一点并没有改变，但现在人类的工业和经济体系也已具备了摧毁地球的力量。作为公共领域的地球该如何应对？我们应该根据共有者的总体意愿和利益来采取行动。

2020年4月号

《资本主义的终结，还是人类的终结？
未来的重大分歧》

马库斯·加布里埃尔、迈克尔·哈特、保罗·梅森著　斋藤幸平编　集英社新书

本书是由经济思想家斋藤幸平通过访谈形式记录的与哲学家马库斯·加布里埃尔、政治哲学家迈克尔·哈特、经济记者保罗·梅森的对话。在这个资本主义走向终结，人类的选择将决定截然不同的未来的"重大分歧"时代，本书基于"公共领域"这一关键词，以民主主义、后真相、后资本主义等为轴心，由世界知识分子和斋藤先生共同展开三部分的新展望。

斋藤幸平：1987年出生于东京，经济思想家、东京大学大学院副教授。对马库斯·加布里埃尔的思想感兴趣，并前往德国。随后，成为史上最年轻的获得马克思研究会顶峰荣誉——多伊彻纪念奖的学者。

1. 在2016年的美国总统选举中，民主党候选人伯尼·桑德斯获得年轻一代的压倒性支持，引起了社会的广泛关注。
2. 寻求政治和金融改革的抗议活动，主要由学生和工人发起，抗议收入不平等等问题。参与者中有许多年轻人，他们成为桑德斯的强大支持者。
3. 当资本主义社会中的技术发展到资本主义本身无法适应的程度而走向终结时，所考虑的经济和政治体制的替代方案。

Ayumi Yasutomi
安富步
经济学家
1963—

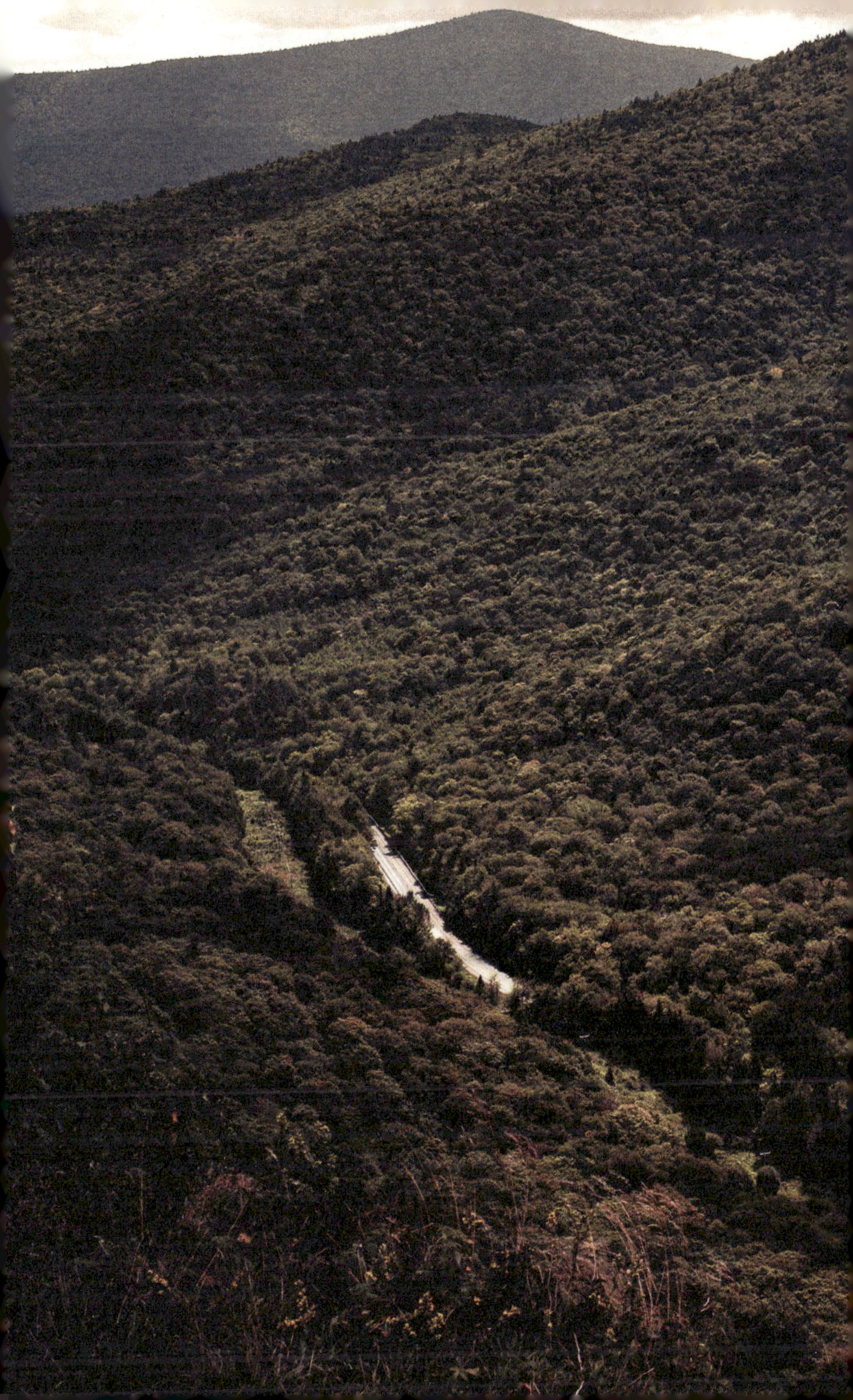

安富步

我对中国东北地区有着独特的感慨。其一是因为电影《末代皇帝》的拍摄，我去了长春和大连，见识了那里的风景和城市面貌，接触了当地人。在电影中，我扮演了一名叫作甘粕正彦[1]的军官。甘粕作为宪兵大尉杀害了无政府主义者大杉荣和伊藤野枝，之后为了伪满洲国的成立而尽力，并成为"满洲映画协会"的理事长，表面上是电影人，背地里则为日本对东北地区的统治效命。在长春逗留期间，导演贝托鲁奇突然告诉我，两天后拍摄的一幕场景需要我来编写音乐，于是我在"满洲映画协会"[2]的工作室使用当地的乐队，急忙进行了录音。那时候，我还遇到了认识甘粕正彦的老人，我以为已经远去的历史忽然出现在眼前,让我有些恍惚。

另外一个原因是我的父亲在学生动员中被征召为士兵,驻扎在中国东北地区。我经常听他讲述在伪满洲国时期,士兵如何因为寒冷而冻伤手指,以及如何被野狗群围攻的故事。所以当我第一次踏上中国东北的土地时,我给父亲打了电话。

在安富步的《满洲暴走 隐藏的结构:大豆、满铁、全面战争》中,令我震惊的是,我们一提到伪满洲国就会首先想到的那个延伸至地平线、夕阳西沉的大豆田景象,原来是日本在短时间内建造出来的。成为大豆田之前的广袤森林被砍伐,日本人用那些木材建造了南满铁路。然后,通过铁路将大豆运往大连港,散播到世界各地,用赚来的利润进一步开垦土地,扩展铁路,形成了一种负面反馈机制。安富提出的疑问是:为什么即便是智囊齐聚,也无法阻止国家的暴走?当然,这个疑问并非只属于过去。安富将其原因命名为"立场主义"。当和平协定被破坏,俄罗斯攻入中国东北地区时，日本40万关东军也没有顾及当时居住着的数十万日本人，而是选择了撤退。日军只在乎自己的"立场"，最终导致战争的爆发，并且丢下民众匆匆逃离——在伪满洲国出现的这种体制目前仍然在运行中。

安富认为，"立场主义"的源头在于个人童年阶段与父母或家庭的关系。许多后来成长为精英的孩子在童年被父母强烈要求承担某种角色或期望。安富也是精英，他在银行担任要职，为当时日本的泡沫经济添砖加瓦。但后来他辞去了工作，停止打扮成男性，开始认真思考如何让孩子和动物遵循天性自然成长。同时，他也开始创作绘画和音乐。这可能是安富自己切断"立场主义"的负面连锁效应，将之转换为正面连锁效应的方法。

曾是纳粹德国高官，也是大屠杀指挥者之一的阿道夫·艾希曼[3]，在以色列接受战犯审判的过程被哲学家汉娜·阿伦特[4]详细地记录下来。她指出艾希曼并不是魔鬼，反而是没有思想的

"普通人"，正因如此，他才能犯下那么多罪行，她将此称为"平庸之恶"。"立场主义"与"平庸之恶"是相同的。非常顺从、在某种意义上是好人的人，忠诚地遵从并执行命令——这种连锁效应引发了巨大的邪恶，而其中最糟糕的例子就是战争。下达命令和强制执行的连锁机制正是国家机器，也正是军队。这是人类无可奈何的天性，还是仅仅过去几千年的发明？人类有一天将能够超越它吗？现代日本也面临着"无法抑制的暴走"这一可能发生的危险。或许像安富步这样的个人，都需要思考如何将这种负面连锁效应转变为正面连锁效应。

2020年5月号

《满洲暴走 隐藏的结构：大豆、满铁、全面战争》
安富步著 角川新书

伪满洲国是如何在大森林地带的中国东北地区成立并崩溃的？这本书从多个角度分析并解释了短短13年间伪满洲国从建立到终结的全过程。书中论述了马车与南满铁路、金融系统和大豆生产所带来的影响等诸多因素如何相互促进，引发了"暴走"这一结果。在后半部分，作者解释了自伪满洲国时代以来就一直存在于日本人之中，并引发日本社会"暴走"的一个因素——"立场主义"。书中还从"立场主义"的视角谈及了现代日本社会所面临的问题、关切，以及回避对策。

安富步：1963年出生于大阪府，东京大学东洋文化研究所教授。大学毕业后进入住友银行工作，后来辞职。之后进入京都大学大学院学习伪满洲国的经济史。著有《核电危机与"东大话术"》《"伪满洲国"的金融》等书。

1. 1891年出生于宫城县（1945年去世），日本陆军军人，为伪满洲国的建立而效力，担任伪满洲国民政部警务司司长。之后，成为"满洲映画协会"理事长，在1945年战败后自杀。
2. 伪满洲国的电影制片发行机构，1937年由伪满洲国政府和日本满铁合资成立于长春。——编者注
3. 1906年出生于德国（1962年去世），纳粹党卫队中校，是大屠杀的指挥者之一。二战后逃亡至阿根廷，后被以色列情报特工机构拘捕，最终被执行绞刑。
4. 1906年出生于德国（1975年逝世），政治哲学家。分析了纳粹主义和斯大林主义中的"全体主义"，对战后西欧各国的政治思想产生了影响。

Ryu Murakami
村上龙

小说家
1952—

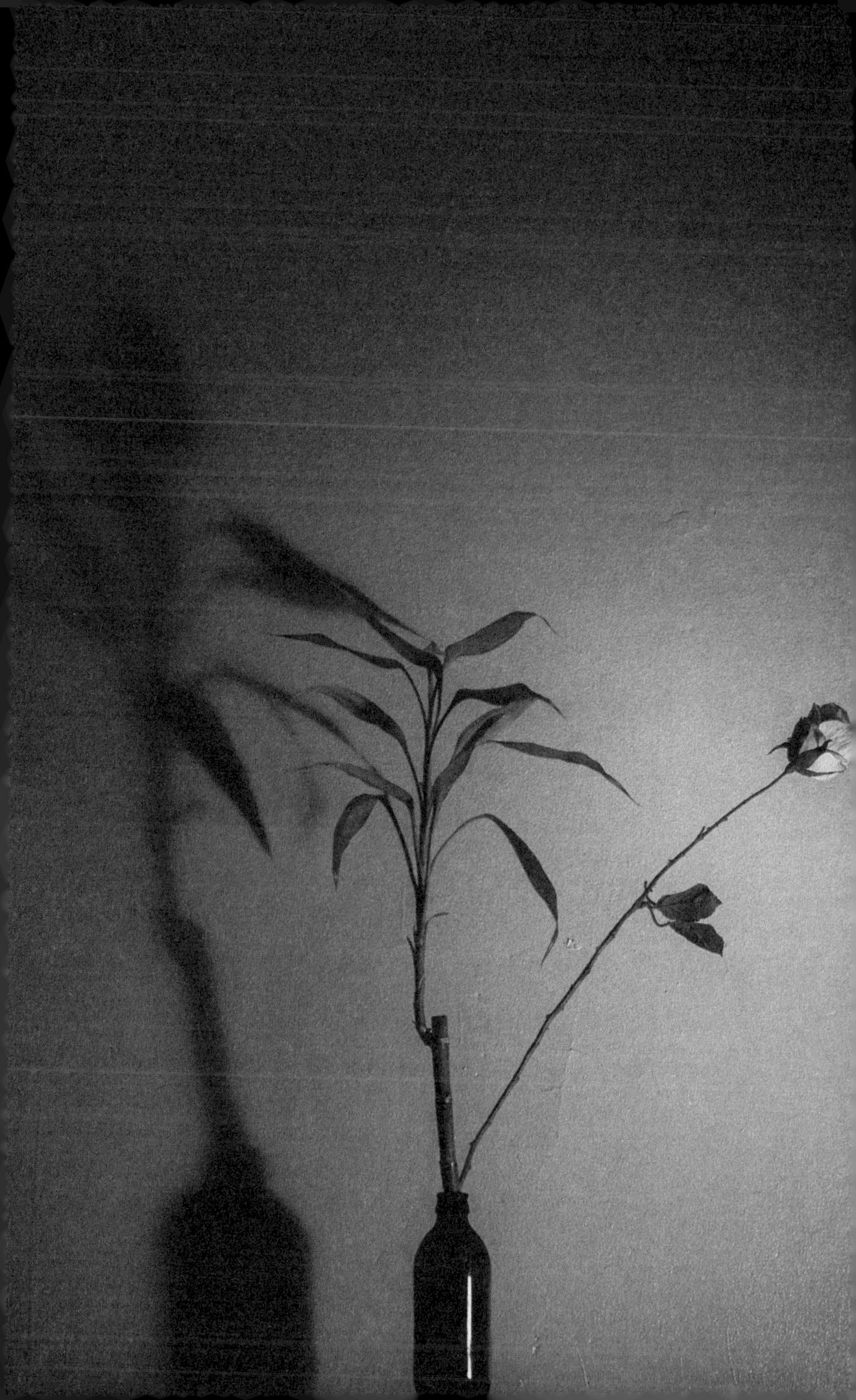

村上龙

我读了村上龙时隔5年出版的长篇小说。这段时间里,我感觉好像见过他两次。他是我的老朋友,所以我们只是相互报告了近况,但没想到他写了这样一部不可思议的小说。

我认为普鲁斯特的《追忆似水年华》是我们大脑内发生的关于记忆、现实、过去和现在的思考痕迹,而村上的新作《失之物语》正是围绕这个主题而写的小说。

人们毫不怀疑地认为,对每个人来说,都存在一个"客观的现实",科学和实际社会都是在这样的前提下构建的。但真的是这样吗?我们认为的现实,其实可能是记忆和意识混合在一起的东西。我认为这个问题和我一直在讨论的"时间"是同一个问题。

记忆并不是像写入硬盘中的信息那样存储在人脑中的物质。尽管据说脑细胞最多一年就会更新，但记忆并不会随着细胞的消亡而消失。记忆应该是大脑内的神经网络回路。每次被触发之时，它都会重新生成。因此，记忆在每次被唤起时都会更新和改变，这是我们在日常生活中也会经历的事。如果回路就是记忆的话，那么人类可以记住的事情要远远多于细胞的数量。

记忆和语言的关系也很重要。通常情况下，我们没有婴儿时期的记忆，而大约从3岁开始，我们会开始有些模糊的记忆。为什么会这样呢？这是因为婴儿还没有语言。为了记忆，需要用语言来打下标签，因此从开始学习语言的3岁左右，记忆就开始保留下来。语言似乎是构成记忆的必要元素。

对记忆来说，时间也是一个重要的元素。如果没有时间，我们就无法知道用语言来打标签的记忆的顺序。只有语言和时间结合在一起，才能形成有序的记忆。或许我们拥有时间的概念,正是因为大脑有这样的功能。人类只能以这种方式来认识世界。

有趣的是,在梦中,时间和空间的标签好像是松动的。我们似乎可以去过去,或者去未来;空间也可以无缘无故地跳跃。我们的所谓现实,可能只是被强制按时间顺序排列的东西。

村上龙在这部小说中潜入自己意识最深处,用语言描述那些现实、记忆抑或是大脑创造出来的幻觉——甚至这些已经变得浑然一体。书中下面的这两段表述尤为让我惊叹。

"尽管是碎片化的,但就像是漂浮的泡沫那样在意识的表层漂荡,触碰到其中一个泡沫,一旦薄膜破裂,具体的影像和声音就会自动播放。……

"但是,作为记忆被深深镌刻、永远不会消失的,是那些变成了残影的、失去的记忆。准确来说不是'已经失去了的东西',因为残影是存在的,所以它总是处于'正在失去'的现在时态。现在也是，将来也会，一直处于失去的状态。"

被记忆的总是失去的东西，还有正在失去的东西。这是多么令人悲哀的人类能力啊。如果人类没有这样的能力，会变成什么样的生物呢?

村上龙在过去的5年中，可能就是这样度过的吧。如果我陷入同样的精神状态，我想我大概一年也坚持不下来。更不用说，将其语言化的行为是难以言表的。但对他来说，也许正是这样的语言化，才是唯一的生存方式。

2020年6月号

《失之物语》

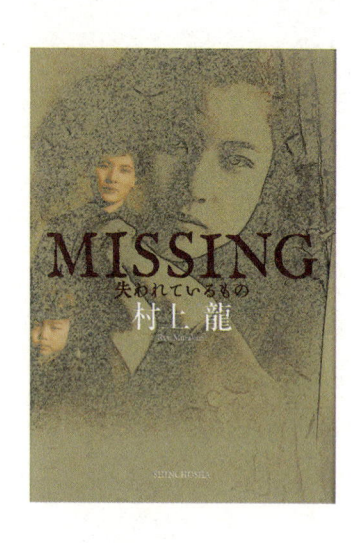

村上龙著　新潮社

"我的潜意识领域到底发生了什么?"——一个小说家被一名女演员引诱,迷失于"只有混乱和不安的世界"。在母亲的声音的引导下,他继续徘徊在想象和现实交织的过去的迷宫中……这本书是将作者主持的邮件杂志JMM自2015年起连载的内容出版成书的作品。其中一个主题是以作者自己的母亲为原型的。这是作者继2015年发表单行本化的《老恐怖分子》后,5年来的首部长篇作品。

村上龙： 1952年出生于长崎县，小说家。1976年大学在读期间以《无限近似于透明的蓝》在文坛出道，并获得群像新人文学奖、芥川奖。1981年凭借《寄物柜婴儿》获得野间文艺新人奖，1998年凭借《味噌汤里》获得读卖文学奖等多个奖项。持续发表小说、散文等多部引起话题的作品。

这里也推荐

《所有的男人都是消耗品（最终卷）》
村上龙著　幻冬舍文库

收录如《讨厌早起所以成为作家》《"偏爱"已经消失了》等散文，自1984年开始连载了34年的散文集最终卷（2018年出版），目前已出版文库版本。同时收录了坂本的特别寄稿。

Kinji Imanishi
今西锦司

生物学家
1902—1992

今西锦司

我在很久以前读过生物学家今西锦司的代表作《生物的世界》,但在人类正经历一场前所未有的新型病毒引发的大流行疾病期间,我想重新读一读这本书。因为我们需要重新深思"生命、生物到底是什么"。今西写这本书的时候,还是个30多岁的研究者,那时距离日中战争开始已经过了几年,处于太平洋战争爆发的前夕。在自己随时可能被召入战场这种紧张的状态下,他大概想要留下自己学术研究的源泉。

比起今西后期的自由散文,这本书的文体感觉非常生硬。特别是"必须如此"的反复使用,令人发笑。我认为这是强烈受到了西田几多郎[1]的影响。他们两人的年龄相差超过30岁,但都在同一所大学——京都大学,当时的西田哲学可能还在吸引着许多年轻学生。当然,影响不仅限于文体。

我认为这本书中今西的一贯思想是彻底借鉴西田的"绝对矛盾的自我同一"[2]在生物学上的应用。因为今西并不采取将研究者作为主体、自然作为客体这种简单的划分方式。他还否定了生物与其栖息环境之间的绝对区别。也就是说,观察者同时也是被观察的对象,生物虽然依靠环境生存,但同时环境也总是受到生物的影响,环境不是一个简单的容器。这一点从本书一开始的"船和船上的乘客是同一个东西,它们都来自地球"这个比喻就可以明显地看出来,而今西也在反刍这个比喻。我认为这里展示了今西独特的世界观:一个星球既要成为船,也要成为船上的乘客,这是地球自身成长过程的一部分。换言之,他将天体地球看作一个生物。在詹姆斯·拉夫洛克[3]为其命名"盖娅"之前很久,今西已经有了这样的看法。

今西锦司的惯用句型是"虽然在人类眼中是这样",这种说法带着一种怀疑色彩——他怀疑自己所看到的事物并不是事物的本质。在这里,我们可以看到西田哲学背后的康德的影子,同时也能感受到今西对所有生物的尊重。他认为人类身处统治其他生物的世界顶点的观点十分傲慢,任何生物都是在与数百万其他物种的复杂相互作用中生存的,甚至与无生命的环境也总是处于这种关系之中。这正是福冈伸一所说的"动态平衡"。人类如果破坏了生态系统,那么其影响当然会回归到人类身上。

今西有一个著名的理论叫作"分栖理论"。生物即使是同种的,为了避免冲突也会分开栖居。即使栖居在同一棵树上,也会根据树的部位或季节而分开。分栖的方式多种多样,可以根据地点、时间、温度等进行分栖。通过分栖来避免冲突,并实现生物的大命题——种的保存。基于这个思想,今西对达尔文的进化论提出了异议。生物并不是始终以相同的速度进行多样的突变,它们是在与自然中数百万其他物种的关系中生存的。一方变化，其他方也不得不变化。而且，受限于有限的营养来源和基于环境条件的生活，生物本质上是保守的，异种的进化是很不容易的。

在晚年写作的散文《彼岸花》中，今西提到了彼岸花，也就是红花石蒜，这种植物开出美丽的花朵，并产生花蜜，但受粉却不依赖于昆虫的帮助。然后他问：为什么要长出花朵和制造花蜜呢？他的答案很有趣。红花石蒜"只要对访问的蝴蝶有所帮助，那就足够了"。自然界也有其文化和艺术。

2020年7月号

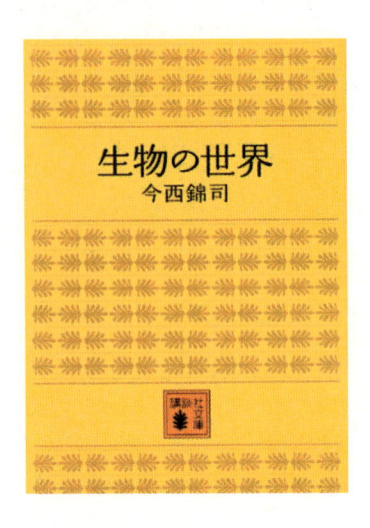

《生物的世界》

今西锦司著　讲谈社文库

这本书从生物、历史、环境与社会论和历史论的角度清晰地阐明了构成生物社会的基本原理，并从"生物到底是什么"这一根本问题出发展开思考。第1章至第3章的《相似与相异》《结构》《环境》探讨了生物社会的基础与原则。接着第4章《社会》和第5章《历史》发展了独特的理论。本书否定了基于竞争原则的正统进化论，即达尔文的"自然选择"理论，并提出了基于共存原则的"分栖理论"，是生物学入门的必读书籍。

今西锦司：1902年出生于京都府（1992年逝世），生物学家、人类学家、登山家、探险家，建立了京都大学灵长类研究所。1979年获得文化勋章，主要著作有《进化到底是什么》《人类的诞生》等。

1. 1870年出生于石川县（1945年逝世），哲学家、京都帝国大学教授。在东方思想的基础上融合西方哲学，确立了"西田哲学"，主要著作包括《善的研究》等。
2. 西田几多郎在晚年提出的被认为是西田哲学中最难解的概念之一，指的是两个对立物在保持各自身份的同时依然保留对立关系。
3. 1919年出生于英国（2022年逝世），科学家、作家，"盖娅理论"的提出者。在美国耶鲁大学、哈佛大学等进行研究后，也参与了美国航空航天局（NASA）的火星探测计划。

Michael Ende

米切尔·恩德

儿童文学作家
1929—1995

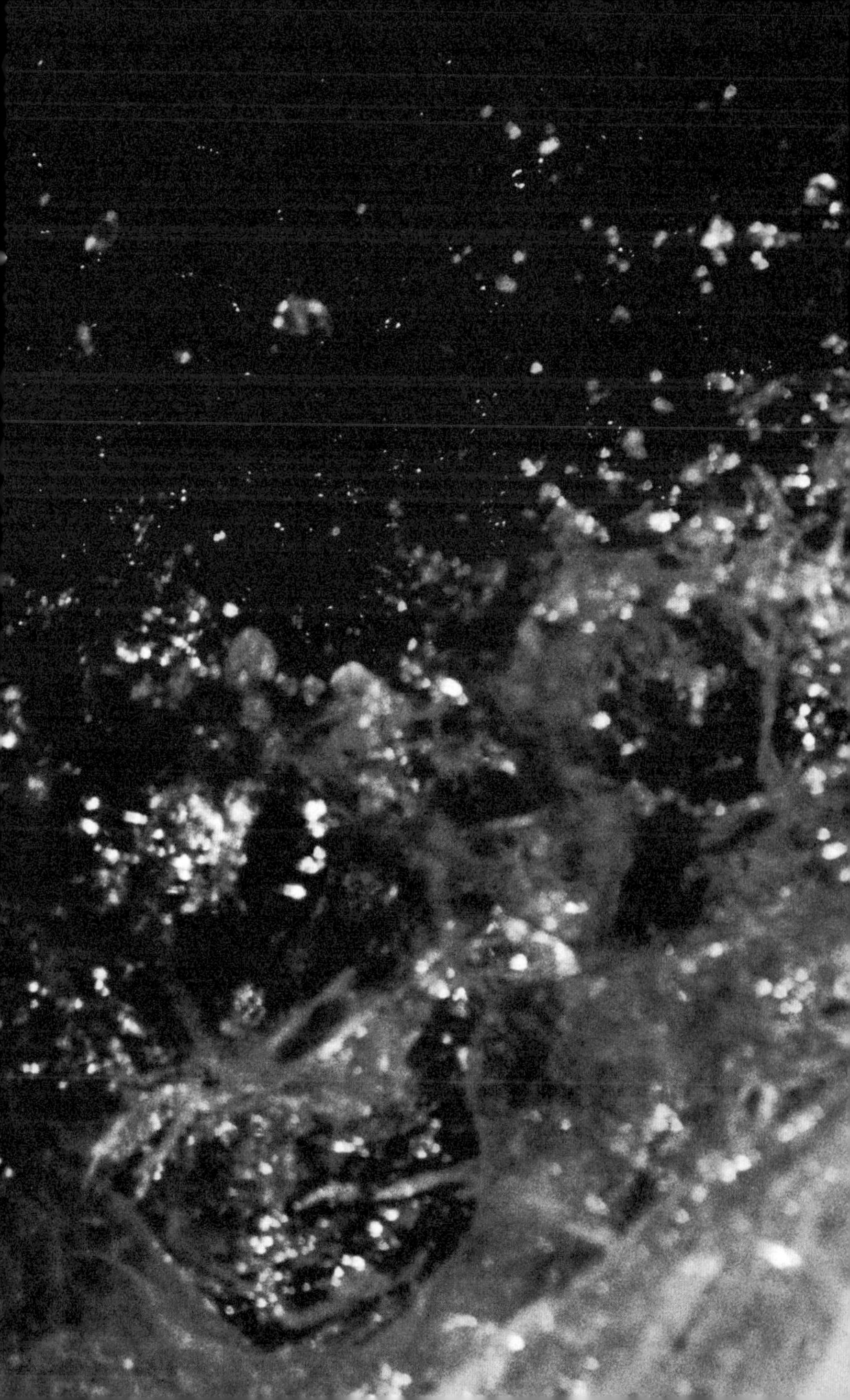

米切尔·恩德

我曾经稍稍参与了2002年出版的由河邑厚德先生所著的《恩德的警钟：地方货币的希望与银行的未来》[1]的撰写工作。河邑先生是制作了NHK节目《恩德的遗言——从根源质问金钱》的人。这个节目拓宽了我对金钱、经济的理解。也是因为这个节目，我才知道了西尔维奥·格塞尔[2]提出的贬值货币概念。货币制度影响了我们生活的方方面面，甚至影响了我们的思维方式，不断造成了地球规模的自然破坏。这样的例子不胜枚举。

恩德被称为奇幻小说作家。我非常喜欢他的《毛毛》和《永远讲不完的故事》。也许是因为他的父亲（埃德加·恩德[3]）是超现实主义画家，他的作品显得非常具有视觉画面感，富有神话色彩。

《毛毛》和《永远讲不完的故事》有一个共通之处，那就是孩子们重置了世界。在《毛毛》中，小女孩毛毛夺回了被时间小偷偷走的"时间"。在《永远讲不完的故事》中，男孩巴斯蒂安从虚无中拯救了世界。虚无是指那些非实际存在的东西，难道不就是人类头脑创造出的金钱、国家、法律和规则吗？因为在自然界中，这些东西是不存在的。然而，可怕的是，虚无正试图覆盖现实世界。

毛毛绝不是个善于言辞的人。当毛毛在听的时候，讲话者会不断涌现出好的想法。有了毛毛在场，孩子们就会发明新的游戏。每个人都想要毛毛听自己讲故事。她是理想中的倾听者。毛毛不仅倾听人类的声音，还倾听动物、植物以及风等自然事物的声音，并说："当我这样坐着的时候，我感觉自己就像在一个巨大的耳垂底下，好像在努力听取星星世界的声音。而且，我似乎能够听到一种隐秘而壮丽的、无法用言语表达的、深深打动心灵的音乐。"毛毛就像是约翰·凯奇。她不仅听人的声音，也像听音乐一样听自然和宇宙的一切声音。不，或许应该说是把它们当作音乐来听。

那些被灰色的男人们偷去的"时间"究竟是什么呢？毛毛说："时间确实是存在的，但是摸不到，也抓不住，也许它就像风一样。"然后，时间就像是音乐般的存在，因为它总是在响，所以人们并不特意去听，但如果仔细倾听，就能听到那种音乐。它不是可见的存在，也不是可以客观触摸到的实体，而是存在于心灵深处，引起人与人彼此共鸣的东西。尽管它是空虚的，却作为实在的东西对我们施加强制力，就像数字和法律那样。

我们在新冠疫情暴发前身处的现代社会，就像是故事中被时间小偷统治的社会一样。在这个故事中，毛毛通过自己的努力重新获得了悠闲时光的世界，而我们也因为自然界的挑战——新型冠状病毒而体验到了悠闲时光的世界。现实可能很快就会恢复原状，但我不希望再回到按秒计时的社会。自然和病毒强制给予我们一个悠闲时光的世界，失去它将是太大的损失。

随着金钱和经济的支配力增强，想象力被剥夺，被孩子们作为知识源泉的游戏也被剥夺，闲暇时间被剥夺，一切都变得可以量化和功利化，人们也变得更加具有攻击性。现在，自然环境和人类社会都感觉到了那个临界点。现在正是时候，像毛毛那样，倾听风的声音、星星的声音、宇宙的声音，还有自己内心深处的声音吧。

2020年8月号

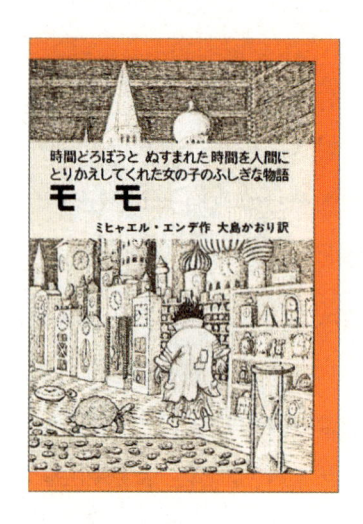

《毛毛》

米切尔·恩德著　大岛香译　岩波书店

这是一部在世界各地被翻译，并作为电影和舞台剧而受到观众喜爱的儿童文学经典作品。少女毛毛居住的城市出现了一些窃取人们时间的灰色男子。这些男子夺走了居民们的时间，居民们开始忙碌地工作，一秒也不能浪费，逐渐失去了心灵上的宽裕。被时间追赶着，变得易怒，甚至没有时间交谈而露出悲伤面容的居民们，让毛毛感到了异样。为了夺回他们失去的时间，毛毛踏上了旅程。这本书曾获得德国儿童文学奖。

米切尔·恩德：1929年出生于德国（1995年逝世），儿童文学作家。1961年凭借《小纽扣吉姆的蒸汽机车大旅行》[4]获得德国儿童文学奖，1974年凭借《毛毛》再次获得此奖。他的作品触及哲学和当代社会问题，获得了世界性的评价。

1. 介绍了发行地方货币的尝试和银行金融系统的萌芽。在书中，电影导演河邑厚德与音乐家坂本龙一一起重新思考恩德关于"金钱"根本问题的遗言的意义。
2. 1862年出生于德国（1930年逝世），实业家、经济学家。在19世纪80年代的经济危机中开始研究货币问题，提倡在土地和货币两个领域中实行自由货币政策。
3. 1901年出生于德国（1965年逝世），画家，以神秘主义的世界观描绘自己内心的黑暗，被称为"黑暗的画家"。在纳粹政权下，其作品被打上了"颓废艺术"的标签。
4. 国内译作《火车头大旅行》。——编者注

Jun Ishikawa
石川淳
作家
1899—1987

石川淳

书有各种各样的。有些是为了提高见识而读的书,有些是为了获取新信息而读的书,有些是为了深化思考而读的书,也有些是为了享受阅读乐趣而读的书。但遗憾的是,到目前为止,我几乎没有因为享受乐趣而接触书籍的记忆。我认为许多人通过阅读小说或散文获得阅读的乐趣,但到目前为止,我并没有出于这样的目的去读小说或散文。当我读小说时,我通常是集中精力去读某个作家的作品,例如夏目漱石、太宰治或三岛由纪夫等。那也是很久以前的事了。我平常阅读的是思想、哲学、历史、社会学、民族学、民俗学、人类学等领域的书,目的是获取知识,深化见识。所以,这次要谈到的石川淳的《西游日录》对我来说是个例外。

为什么我会遇到这本书呢？以前有一位叫作吉田健一[1]的文人，我小时候在电视上看到过他的脸，认为他是个怪异的大叔，看起来像是从早上就开始喝酒的样子。最近我偶然开始读《文学的乐趣》[2]，一读就停不下来了。那本书里提到了《西游日录》。

吉田健一用大大咧咧的笔法写道："这本书最有趣的地方在于，一个男人出发去旅行，他所做的就只是真正的旅行。"这种直率的介绍让我马上觉得必须要读这本书。开始读之后，我发现它实在是太有趣了。有趣在哪里呢？它有好文笔，是一本好书。正如吉田健一所说，读好文章的乐趣类似于听音乐的乐趣。听音乐虽然不能获得知识，但我们会花时间感受从中涌现的情感和对听觉的刺激，或者用想象力推测作曲家的构思和构建意图，然后就此结束。而这种体验会长时间留在身体里。然而，有时即使是音乐体验，人们也会说"这代表了宇宙"之类的话。我认为音乐不是可以翻译成一连串话语的东西。书籍也是，如果可以忘记贴上思想、神、人生等标签，它就应该能像音乐一样被享受。吉田健一就是教会了我这一点，我是以这种方式去阅读石川淳的游记的，很是享受。书中处处有让人不禁微笑的"滑稽之处"。这样读书我可能是第一次，非常新鲜。如果用这种方法阅读哲学书或思想书，就会发现其中有好的文章和不好的文章，能看到非常不同的面貌。

读好的文章，我觉得和吃美味的东西也很相似。遇到美味的东西时，就想要一直吃下去。同样地，读到好的文章，就想要一直读下去，想要读到后面，并且希望它永远不要结束。但不幸的是，最终总会到达书的最后一页。那时，我就会从头再读一遍。好的书籍就像音乐一样，让人想要反复阅读。我已经听巴赫、贝多芬、德彪西的作品多少次了。以后还会听多少次呢？无论听多少次，过一段时间后都会想再听。不，像巴赫作品这样的音乐，我可以每天演奏、聆听而不会感到厌烦。

《西游日录》是石川淳一行应苏联政府的邀请，前往苏联和东德参加会议，与当地的文人交流，观看音乐会和戏剧的旅行故事。离开东德后，石川淳没有计划地独自在巴黎游玩，度过了自由自在的时光。他记述了食物和葡萄酒、街角的酒吧，还有时不时涌上心头的对不断变化的东京的厌恶感。

多亏了吉田健一，我才遇到了好书。但是，在现在这个时候说这样的初级话题，我是否有资格谈论书籍呢？

最后，我在《夷斋风雅》[3]中遇到了我喜欢的话："必须靠着无常的观念作为手杖，独自一人越过老年的坡道。"

2020年9月号

《西游日录》

石川淳著　筑摩书房　旧书

这是石川淳自1964年8月27日至10月29日的日记，记录了他与安部公房、江川卓、木村浩一起访问苏联、东德、捷克，以及之后他独自访问法国之旅。其中包括与当地文人交流，访问托尔斯泰和陀思妥耶夫斯基的故居和墓地，参观美术馆、博物馆，观看戏剧等内容。同时，也记录了"为了不看东京举办奥运会的倒行逆施，最好是乘船过去"这样的对当时东京的感慨。上面的照片是初版限定本的封面。

石川淳：1899年出生于东京（1987年逝世），作家、评论家、翻译家。1936年凭借作品《普贤》获得芥川奖，随后发表的《火星之歌》因反战内容而被禁。代表作包括《紫苑物语》《狂风记》等。

1. 1912年出生于东京（1977年逝世），评论家、作家。父亲是吉田茂。1939年与中村光夫等创立杂志《批评》。著有《东西方文学论》《欧洲的世纪末》等书。
2. 由强调语言表达重要性的吉田健一所著的文学指南书，阐述了以自由丰富的感性来读书的乐趣，以及遇到生动语言的喜悦。文学编辑长谷川郁夫对此书进行了解说。
3. 从题为《忘言》的手写原稿副本开始的作者最后的随笔集。夷斋[4]先生以丰富的知识享受语言的构思，自如地在和、汉、洋三个世界中畅游。
4. "夷斋"为石川淳的号。——译者注

Oussouby SACKO

乌苏比·萨科

教育家
1966—

特别对谈

乌苏比·萨科先生 × 坂本龙一先生

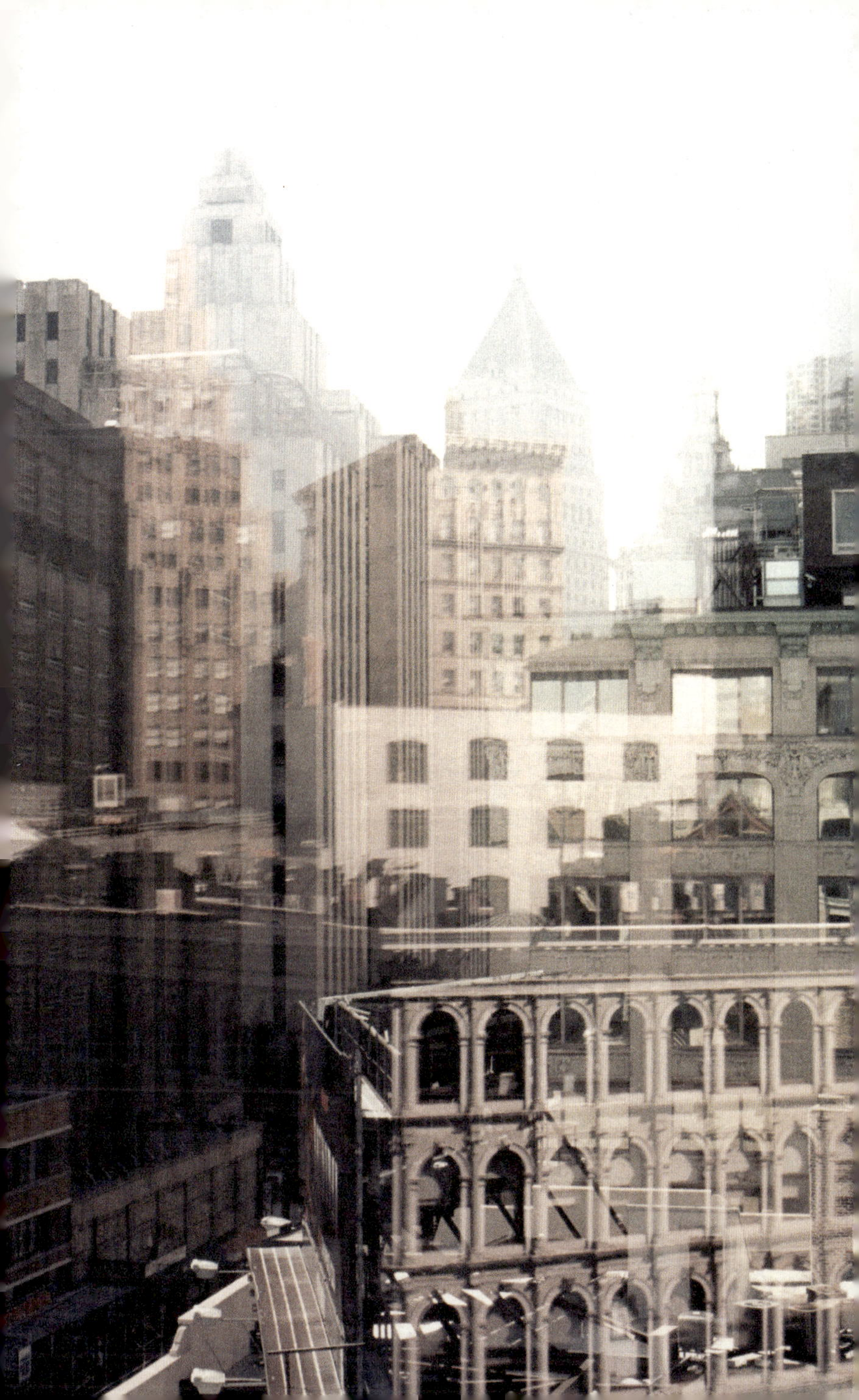

与乌苏比·萨科校长共同探讨城市的未来与日本的未来

在新冠疫情改变了世界的现在,人们在想什么,又在考虑什么?想要借此机会与书的作者进行对话的坂本龙一先生首先提到的名字是成为日本大学首位非洲裔校长的京都精华大学的乌苏比·萨科先生。

萨科先生出生于马里共和国,曾经在中国留学,移居日本已约30年。他一直以田野工作为中心,研究空间人类学,用他的视角透视日本、非洲以及世界。另一方面,坂本龙一先生在学生时代学习民族音乐,从被颇具吸引力的矮人族[1]的音乐吸引开始,到与马里的萨利夫·凯塔、塞内加尔的尤苏·恩杜尔合作,以及受到尼日利亚的费拉·库提影响而创作歌曲 *Riot in Lagos*[2],与非洲音乐有着诸多联系。他还明言:"地球上有70多亿人,但原本都是来自非洲的30多人的一个大家族的后代。所以,我认为人类都是非洲人。"为了亲身体验那个根源,他多次访问非洲的土地。这次的对话揭示了当代社会所面临的问题,并且对解决这些问题提供了丰富的启示。

这是萨科校长和坂本先生的首次会面。
通过 Zoom 展开的对话是在 2020 年 7 月 19 日，
连接京都和纽约进行的。
"也许正因为新冠疫情，我们才得以相见。"萨科校长说。

坂本龙一（以下简称坂本）：

> 作为研究建筑和空间的专家，萨科先生，您如何看待这次疾病大流行对人类居住城市升级的影响？据说城市起源于公元前 5000 年的伊拉克。此后，人类持续发展城市，现在几乎要将整个地球都市化。实际上，这也可能是新冠病毒暴发的原因。人类夺取了动物和病毒的生存环境，我认为，这导致了当前的状况。

乌苏比·萨科（以下简称萨科）：

在古代城市中，人类尊重自然，建造城墙，决定不超出这个范围生活。但是，随着城市人口的增加，我们不再能够掌控城市。如果我们停止建设城市，自然本可以得到保护，但我们继续建设城市，这是攻击自然的行为。人类作为生物来说是非常脆弱的存在。我们几乎可以说，人类是用自己创造的技术来维持生命的。从这个角度来看，我认为人类之所以攻击自然，是因为我们自己的脆弱。这在非洲的政权中很常见，当你给弱者权力时，他们可能会突然用这股力量去压制其他人。

城市在人类这种生物的世界中是真正脆弱的存在，是我们用自己拥有的技术攻击自然来建造的。然而，虽然我们似乎已经得到了很多东西，但这次的新冠疫情告诉我们，我们还没有得到所有东西。没有人能够阻止感染的扩散。仅仅是因为这个看不见的新冠病毒的入侵，我们的社会基础就全部被摧毁了。我认为，新冠疫情揭露了包括贫富差距在内的各种问题，给人类发出了警告："你们应该更深入地思考一下了。"

坂本： 我完全同意您的看法。城市是一个可以学习、可以获得成长机会的地方。

城市是可以学习、可以
获得成长机会的地方

萨科：在未来的城市中，人类与自然界的共生非常重要。为此，人类必须控制自己的欲望。例如，在紧急状态宣言下，虽然生活受到了限制，但一旦宣言解除，大家又好像什么事都没有发生过一样恢复了原状。这难道不是缺乏学习能力吗？本来，城市应该是一个可以学习、可以获得成长机会的地方，然而，人类的成长似乎已经停滞，原因是我们追求物质上的富裕。关键在于如何使人与人之间建立关系成为可能。我认为，城市需要人与人之间的沟通和相互联系。

坂本：人与人之间相互联系的社区越来越重要了。

萨科：我也这么认为。我觉得人与人之间的关系将越来越受到关注。

坂本：在日本，大概到我父亲那一代人时，社区的力量还是存在的。萨科先生在最近出版的书《萨科校长谈日本》中提到，即便是在原本社区关系很强的地方，比如京都，这种关系也在逐渐淡化。我很喜欢韩国，去过很多次，即使是在韩国的都市中心，也能看到邻里聚在一起，在户外一起吃饭，相互交流，生活在一起的场景。我认为，即使是在现代都市中，亚洲和非洲的一些地方仍保持着社区的特点，这非常重要。

互相给对方添麻烦，是认识彼此存在的手段。
——乌苏比·萨科

萨科：我在马里的时候，曾经很羡慕西方那种社区关系缩小到一个家庭的风格。但现在，我觉得马里的传统方式也挺好的。在马里，即使是不认识的人走进家里，人们也会说："我们正要吃饭，一起吃吗？"大家会分享眼前的一切。这是非常基本的一点。在日本，"我的东西就是我的"，这种观念很普遍，社区关系正在崩溃。我常说，"互相给对方添麻烦"是很重要的，因为这是一种认识彼此存在的方式，人与人之间能够互相造成麻烦的社会是美好的。

坂本："互相给对方添麻烦"，真是一句好名言啊。（笑）另外，在这本书中，我非常赞同的一点是"无所事事"。

萨科：许多日本人没有明确的工作和休息时间，总是处于工作状态。当我们讨论学生和睡眠文化时，日本人说他们准备睡觉要花超过30分钟。换上睡衣，刷牙，等等。我回家换了衣服就可以随时睡觉，不会特意去准备睡觉。我觉得日本人从小就被强迫着使用"准备睡觉"这种话语，连睡觉的时候都处于开启状态。

坂本：从教育的角度来说，还有其他的问题，日本的父母和孩子过于依赖学校。我从小就养成了"尽可能在学校偷懒"的习惯。（笑）我在大学校长面前说这话有点不好意思，但我从没觉得学校是一个非常重要的地方。在学校的时候，我就无所事事，回家后读书，去看电影，去咖啡馆，参加示威，或者和女孩子约会……我几乎是从这些经历中学到了大部分东西。

萨科：自从我成为校长后，我教授一门针对一年级学生的课程，叫作"自由论"[3]，我在课上传达了您刚才所说的这些观点。学校老师给学生的不是知识，而是信息，而将这些信息转化为知识的机会要从闲暇时间和与朋友玩耍的时间中获得，这是必要的。所以，请不要期望老师给你们知识。为什么呢？因为老师只从一个侧面讲述事物。老师是从在某个领域研究多年，并且深入研究某事物的人那里传达一个案例。是否相信这个案例，以及如何进一步深化，这是个人的决定。

坂本：那是很好的课程。

试着意识到那些你没有意识到的东西

萨科：我经常对学生说，要试着意识到平时不会意识到的事物。虽然我们看到了，但并未真正"看见"的东西，在我们周围有很多。在这次的新冠疫情中，我经常听到人们说"如果两周不去学校，就会导致学习能力下降"。我听到这种说法时，感到非常愤怒，想说学习能力到底是什么！有一次我接受某杂志采访，被问到"你怎么看待孩子们失去的三个月？"。我想，什么叫作"失去"？他们现在正在实时地经历历史的一部分。用"失去"这个词，就好像这段时间对他们来说什么都没有发生一样，但他们将来会传承这段新冠疫情的历史。我觉得那是在轻视他们。日本固执地不喜欢特殊的东西，只是在制造模板化的人。如果是那样的话，和计算机或机器人有什么区别呢？

坂本：我也有必须做的工作，但由于新冠疫情的影响，工作几乎完全停止了，这让我有了自由时间。我可以读书、看电影，开始创作非工作性质的音乐。这段被给予的时间非常宝贵且重要。

萨科：我们之前总是以工作或移动为借口浪费时间。在现在这种情况下，我们可以在纽约和京都进行对话。如果没有疫情，也许我就无法见到坂本先生。

现在，我们正生活在历史上宝贵的时光中。
——坂本龙一

坂本：现在，我们应该让父母和老师告诉孩子们，我们正生活在历史性的宝贵时光中。人类历史上总是有战争和流行病的。我认为，这是一个学习人类历史经验的好机会。

萨科：例如，有一些文学是因瘟疫而诞生的。它超越了人类的想象力，给我们带来了创造新事物的机会。我们读到那个时代的与瘟疫相关的作品时，会感到被感动。在这个意义上，我认为我们不应该忘记这次的新冠疫情，而应该以此为跳板，思考如何构建我们的未来社会，这非常重要。我们在不知不觉中变得只考虑自己的问题。

为了研究，我要去马里的一个成为世界遗产[4]的地方。在古代，那里没有货币经济，一切事情都是通过相互承诺和互助来进行的。然而，现在一切都通过货币来进行了。联合国教科文组织介入，并决定对那里进行世界遗产的修复，但不提出预算，就无法参与项目。但是，通过世袭制传承下来的木匠不知道如何提出预算。结果就是，与该地区无关的能提出预算的建筑师就会随意参与其中。让与自己无关的他人触碰祖先们珍视的地方，这无疑是一种侮辱。我们用这样的行为一边保护世界遗产，一边破坏独特的文化。看到这样的情况，我觉得我们必须彻底重新考虑一切。世界共通的系统不仅没有保护人类社会，反而在积极地破坏它。因此，当我们面对新型冠状病毒时，我们无法有效地应对。

不同文化的人们一起发出信息

坂本：我认为货币经济是一个非常严重的问题。例如，南美洲的一个村庄中涌出了泉水，那里的人们靠这水生活了几千年。但是有一天，一家欧洲公司买下了那片土地，然后出现说那水不能随便使用。

不仅是水，还有非洲的维多利亚湖[5]的鱼、南美洲的藜麦[6]等，世界各地都在发生类似的事情。金钱驱动了人们的贪婪。音乐家虽然不能解决这个问题，但这确实是一个大问题。

萨科： 生态系统是平衡存在的，是我们对不必要的东西的追求导致了问题的产生。气候异常也是如此。我们正在自己破坏地球。我们应该向自己提出这是我们自己造成的问题。坂本先生一直在与世界各地的不同文化的人们合作，我认为，不同文化的人们一起思考并发出信息是非常重要的。我希望这次对话也能作为一种信息，被大家所理解。

2020年10月号

---

1. 居住在非洲到东南亚热带雨林附近的狩猎民族，平均身高不足150厘米是其特征。这一种族被研究以揭示人类成长模式的多样性，但其背后的原因尚未明确。根据居住地区的不同，他们也被称为尼格利罗人或尼格利陀人。
2. 1980年发布的坂本的第二张专辑 *B-2 Unit* 中的曲目。混音和工程是由英国首支雷盖乐队的成员，同时也是Dub[7]混音师的丹尼斯·博维尔负责。这首曲子是在他的私人录音室录制的。
3. 这是学习为获得自由而斗争的人们的历史，了解自由在当代的地位，以及京都精华大学所倡导的"自由自治"，即"自由不是被赋予的，而是要自己争取并承担责任"的理念，其中包含自治概念的课程。

4. 马里共和国有四处世界遗产，包括尼日尔河流域的多贡族居住地邦贾加拉陡崖，直到15世纪都非常繁荣的传奇城市廷巴克图，有泥砖建筑结构的杰内古城，以及被认为是桑海王国皇帝阿斯基亚·穆罕默德之墓的阿斯基亚陵墓。

5. 过去被誉为"生物多样性的宝库"，但由于淡水鱼类被过度捕捞，捕鱼量急剧下降。作为对策被引入外来物种，虽使捕鱼量恢复，但由于大多数本土物种是食草性物种，它们大多被外来物种捕食，湖泊生态系统陷入灾难性的状态。

6. 在其原产国玻利维亚和秘鲁，由于其高营养价值，作为一种营养食品而深受人们喜爱。随着其作为优质健康食品的全球需求量的增加，其价格飙升。结果大部分收成被用于出口，导致原产国出现营养不良问题和土地纠纷。

7. Dub是电子音乐（EDM）的形式之一，常会对现有的录音资料进行混音。——译者注

《来自非洲的萨科校长谈日本》

乌苏比·萨科著　朝日新闻出版

京都精华大学校长乌苏比·萨科先生的首部自传。从马里共和国经中国到日本，萨科回顾了他充满波折的人生，并以幽默的方式说"嘿，这不错啊"。他的故事从《被陌生人教育的马里》一章开始，讲述了他的少年时代，以及他在留学中国和日本时与不同文化的邂逅；直到在《就是这里很奇怪啊，日本的教育》一章中，他尖锐地指出了日本学校和家庭教育的问题。最后一章收录了他在 2020 年 5 月引起热议的关于新型冠状病毒问题的访谈，并进行了大量补充，题为《如何度过冠状病毒时代》。

乌苏比·萨科：1966 年出生于马里共和国。先后就读于北京语言大学、南京东南大学，后在京都大学大学院工学研究科建筑学专业完成博士课程，获得工学博士学位。从 2018 年 4 月至 2022 年 3 月担任京都精华大学校长。他的研究领域包括"居住空间""京都町屋再生""社区再生"，以及"西非的世界文化遗产（城市和建筑）的保护与修复"，从不同角度调查研究社会与建筑空间的关系。

Tatsushi Fujihara
藤原辰史

历史学家
1976—

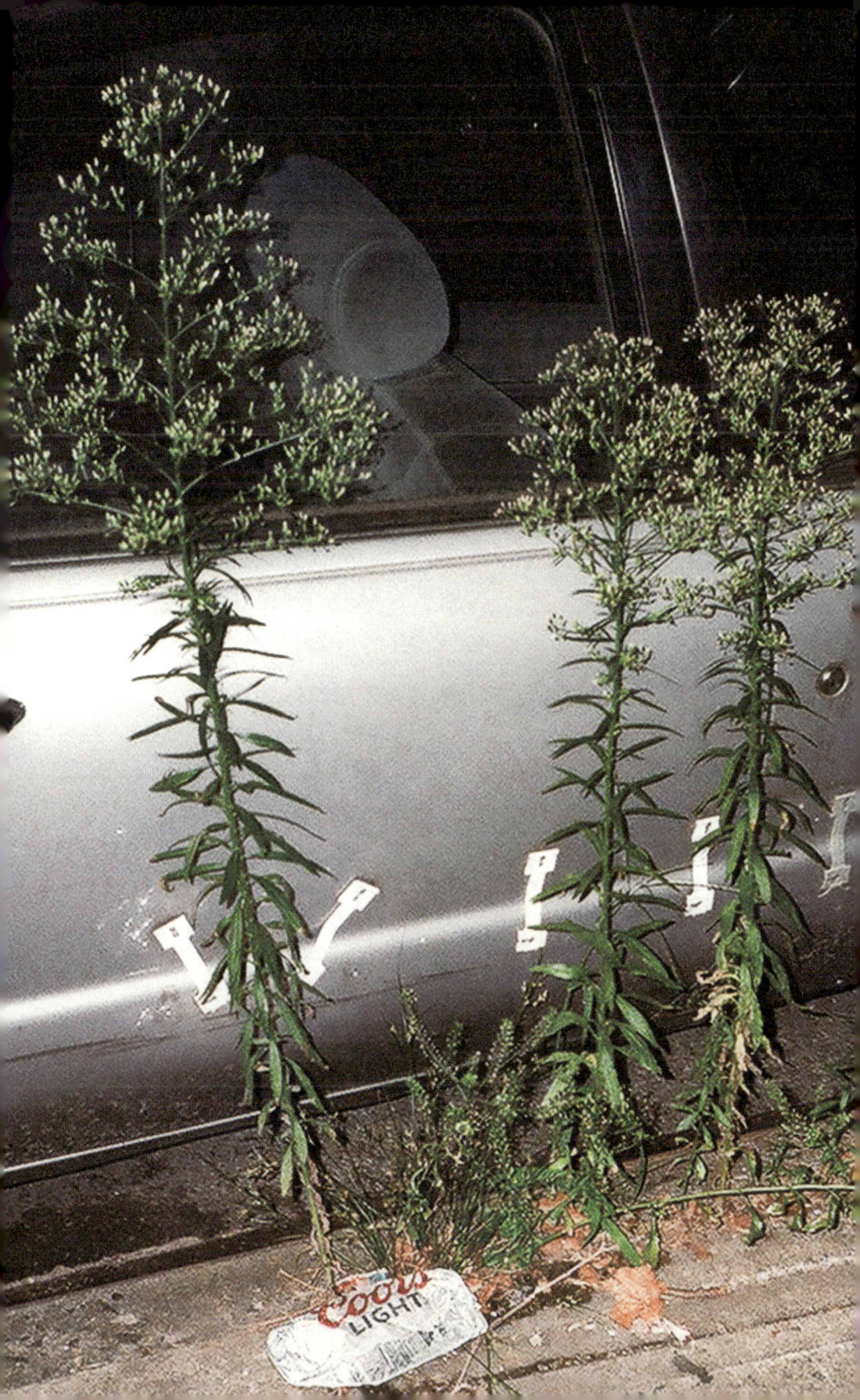
Coors
LIGHT

藤原辰史

在石川淳之后选择接下来要介绍的书籍显得颇为困难。在那之后,我难得地读了很多小说,但我觉得写这些小说的阅读感想也不会很有意思,所以这个月,我决定来探讨一下藤原辰史的著作《分解的哲学:围绕腐败与发酵的思考》。

我们所处的宇宙贯彻着熵[1]的法则,所有事物都朝向混乱的状态,换句话说,就是朝向分解的状态在运动。我们在日常生活中也能观察到这一点:如果不打扫,房间就会变得杂乱无章,灰尘会堆积;食物如果被放置不管,便会腐烂。这些都是熵的法则的体现。然而,像我们这样的生物,却在违抗这一法则,维持着秩序。福冈伸一曾经写道,为了保持生命的秩序,生物必须悖论般地进行分解。不管是我们自己的身体、庭院里的鸟儿,还是正在睡觉的猫,看起来都是秩序井然的。但实际上细胞在不断地分解和重建,没有片刻的休息。这是因为生命这种秩序本身就内含着预设的破坏机制。这不仅仅发生在生物体内。生物需要进食。吃,就意味着为了维持自身的秩序而分解其他生物。多亏了分解者,世界才得以存在。

这本书中提到了那不勒斯人对新事物感到不安,而对破损之物则感到安心的说法。我非常理解这种心情。我也比起新书更喜欢旧书,建筑和街道也是,越旧越好,如果是废墟就更好了。我曾经去印度旅行,被长时间暴露在太阳热量下而褪色的铁皮屋顶群所深深吸引。东京这个城市却变得像是崭新的一样,真的很无聊,就好像把建筑和街道只当作消耗品一样。不,不是"好像",可能就是那样的吧。

在这本书的《修理的美学》章节中,国语学者大野晋关于日语中的时间观念的假说给了我很大的启发。根据他的理论，"トキ"（toki，时间）与一个叫作"トク"（toku）的动词有关。这里的"トク"指的是像"解开绳结"一样的动作。它是"他动词"，而当它变成"自动词"时，就变成了"トケ"（toke，溶解）。大野推测，在古老的时代，"トケ"曾经以"トキ"的形式存在。这代表了物体溶解、崩解或流动的过程。古代日本人可能是以物体从稳定状态变得破损并开始流动的情况，来代表"トキ"即时间的观念的。这与中国的"时"的观念有很大的不同，汉字的"时"表示日子的流逝。另外，拉丁语中的"tempus"（时间）据说有伸展、扩张的意思。

吉田健一在他的书《时间》的开头提到，人们看着钟表的秒针逐渐移动，就会有时间流逝的概念，但如果看到水车在转动，那么意识里可能就只有它在转动这一事实。这与柏格森的观点相呼应——时钟实际上不是时间性的事物，而是空间性的事物。

这本书的每一章都提到了不同的人物和事件，每一部分都很有趣。甚至连奈格里和哈特的《帝国》[2]也被提及，这让我感到惊讶。还有从福禄培尔的教育哲学中诞生的积木——我也不例外，总是很喜欢弄乱搭好的积木。我已经68岁了，还在尝试制作一件特地烧制陶器然后将其打碎的作品。我还能学到很多知识，比如我以前完全不了解的捷克作家恰佩克[3]，以及昔日隅田川边的"蚁之街"，等等。学者们是非常可贵的存在，他们能够阅读并消化那些我一辈子也读不完的书籍，还能将其嚼碎，再教授给我们。在阅读这本书的过程中，我觉得作者本人也通过这些事情、人物和书籍来深化他对"分解"这一概念的思考，我读来十分愉快。

2020年11月号

《分解的哲学：围绕腐败与发酵的思考》

藤原辰史著　青土社

在充满生产、构建和扩张的进步主义近代世界中，作者指出，真正构成创造和变化基础的是破坏、崩溃以及腐败这些"分解"的动作。在本书中，作者认为"饮食"这一将食物分解转化为营养和排泄物的行为也是社会分解过程的一部分，他跨越不同领域去重新思考了饮食文化。

藤原辰史：1976年出生于北海道，京都大学人文科学研究所副教授，专业领域和研究主题包括农业史、食与农的思想、德国现代史。主要著作有《纳粹的厨房》（水声社）等，2019年获得三得利学艺奖。

1. 热力学中表示体系混乱程度的物理量"熵"，总是朝着增加的方向发展，不会减少。其数值越大，混乱程度越高。
2. 由哲学家安东尼奥·奈格里和迈克尔·哈特合著的书籍。提出了在全球化时代，与传统的民族国家和帝国主义不同的新型主权权力的出现。
3. 1890年出生于捷克（1938年逝世），作家、剧作家、记者。代表作品有科幻剧作《罗素姆万能机器人》和散文集《小狗达西卡》等，是捷克的代表性作家之一。

James C. Scott
詹姆斯·C. 斯科特
人类学家
1936—

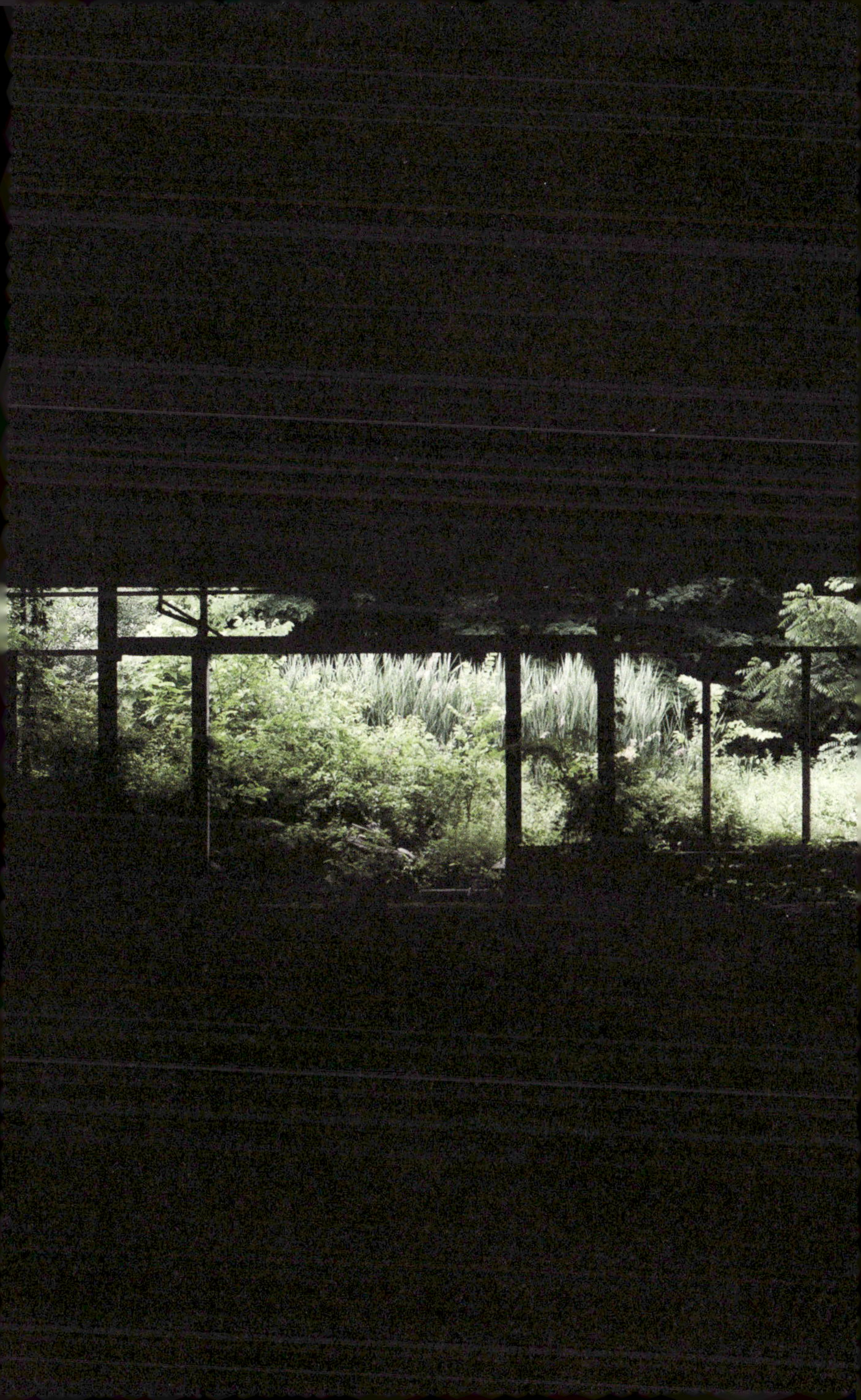

詹姆斯·C. 斯科特

　　我也曾经相信许多人可能都信仰的一个故事，那就是长期从事狩猎采集[1]的人类，在某个时期开始从事起农耕，定居下来，积累了财富，聚集形态从小规模的村落进化到最初的城市，再到国家。这个故事表述的是一个文明社会喜闻乐见的历史观，即狩猎采集生活是野蛮的糊口生活，而农耕生活则是进化后的文明生活。本次我想要探讨的书籍《反谷物的人类史：国家诞生的深层历史》，基于最新的考古学和人类学资料，果敢地打破了这种说法。

　　狩猎采集民的生活并不像我们农耕民的后代所想象的那样野蛮和悲惨。在多样生态系统中不断迁徙的生活，赋予了他们对各种植物和动物的深厚知识。他们熟悉猎物的行为模式，会在适当的时机伏击，并时而稍稍改变环境，诱导猎物进入狭路，让狩猎变得更加容易。同时，他们也会进行些许农耕和游牧，确保丰富的食物储备。与之相比，定居的农耕民的风险可能非常大。农耕需要耗费大量的时间和劳动力，并且依赖于有限种类的作物，所以在歉收时没有两手准备。此外，生活区域密集使得疫病容易蔓延，这种风险不仅存在于人与人之间，人类驯化的家畜也密集地生活，增加了动物之间以及动物向人类传播疾病的风险。这正是我们现在正在经历的新冠疫情的发生原型。

那么，面对如此多的风险，人类为什么会开始农耕生活呢？可以推测的原因之一是气候变化。气候变化可能导致狩猎采集民所依赖的丰富的生态系统崩溃，人口减少，使得依赖底格里斯-幼发拉底流域湿地生存的压力增加。

在那里，还出现了一种截然不同的压力，那就是早期的国家。狩猎采集民中的一部分人已经开始种植土豆和豆子，但促使谷物粮食被大规模种植的，更多的是国家的强制力量。谷物可以在同一时期被收获，容易预测在土地面积上的产量，易于管理和控制，这使得谷物成为国家征税时使用的便利之物。

2020年，新型冠状病毒的蔓延使我们不得不重新思考有关城市的问题，进而不得不考虑农耕的起始、城市的起始和国家的起始。我认为，在人类的发明中，国家是最糟糕的一项发明，而人类最早的环境破坏行为就是进行覆盖广阔土地面积的单一作物种植。国家掠夺了人民通过莫大的劳动创造出来的财富。围绕这些，产生了国家之间的争斗，也产生了被掠夺者和掠夺者之间的巨大差距。为了运营国家，需要能够维持谷物生产、保护财富、掠夺财富的如兵力等劳动力。也就是说，国家最重要的财富其实是劳动力。于是，通过战争获得的俘虏被转化为奴隶，作为士兵或农耕民使用。国家动用军队去捉拿狩猎采集民，将他们迁移并强迫他们进行耕作。实际上，这和日本在明治时代对北海道的阿伊努民族所做的事情如出一辙。他们强迫阿伊努人放弃被认为是野蛮行为的狩猎采集活动，从事耕作，并强制他们定居下来。

我喜欢的法国人类学家之一是皮埃尔·克拉斯特[2]。他对亚马逊地区的瓜亚基人[3]进行了调查和研究，并得出结论，认为他们发挥智慧，建立了一个不制造国家和权力的社会。

而我们要怎样才能成为21世纪的野蛮人呢？

2020年12月号

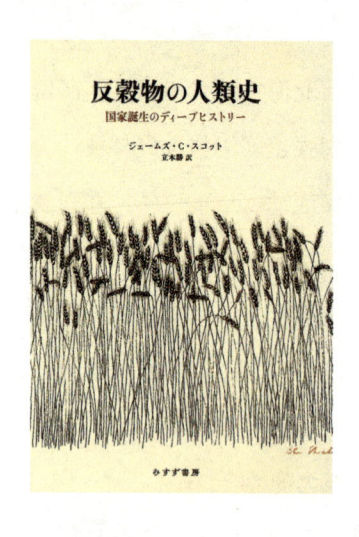

《反谷物的人类史：国家诞生的深层历史》

詹姆斯·C.斯科特著　立木胜译　美篇书房

在人类学研究中以独特视角进行工作的作者论述道："智人并非急不可待地安定下来并永久定居，也并不乐于结束数十万年的移动和周期性迁移生活。"本书对从狩猎采集生活到农耕生活的转变，以及由此带来的高效营养摄取、定居和在聚居地区形成国家的传统叙事提出了疑问，使用7个章节，颠覆农业革命的固定观念，书写了新的人类进化历史。

詹姆斯·C. 斯科特：1936年出生，人类学家，美国耶鲁大学政治学部和人类学部教授，美国艺术与科学学院院士。他提出了农民的日常抵抗论。2010年获得第21届福冈亚洲文化奖。其著作包括《赞米亚：脱离国家的世界历史》等。

1. 人类学术语，指对动植物的狩猎和采集活动。新石器时代出现牧畜和农耕之前，以这种生活方式为基础的狩猎采集社会被认为是人类社会的主要形态。
2. 1934年出生于法国（1977年逝世），人类学家、民族学家，进行了许多实地考察工作，调查了瓜亚基人、楚鲁皮人、亚诺马米人等，之后成为法国国家科学研究中心的研究员。其著作包括《抵抗国家的社会》等。
3. 生活在南美洲巴拉圭的热带雨林中的部落，也被称为阿切人。整个群体拒绝权威，建立了"无权威的首领制度"。由于被迫害和屠杀，他们正面临灭绝的危机。

Akeo Okada
冈田晓生

音乐学者
1960—

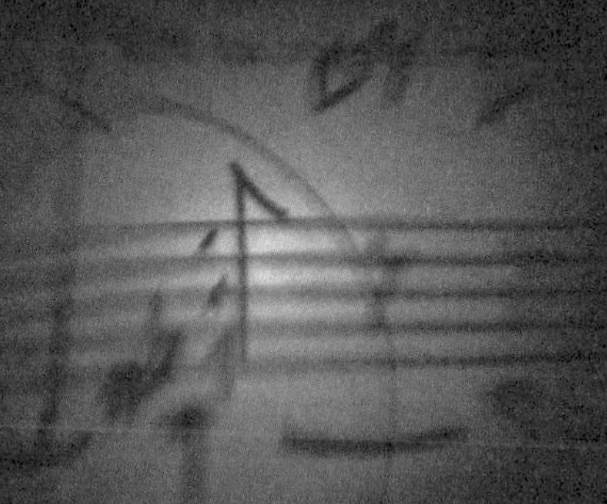

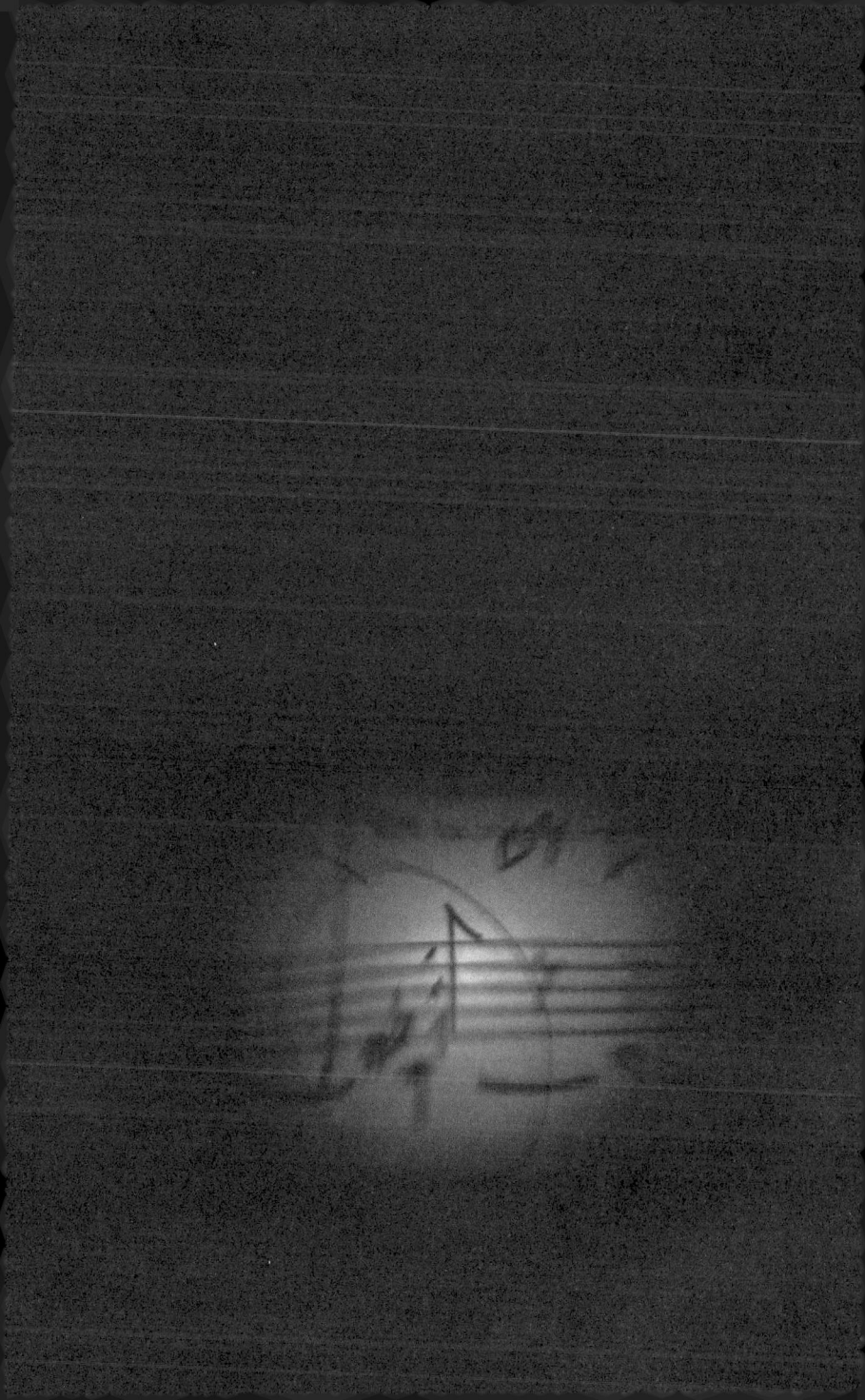

冈田晓生

2020年，肉眼不可见的微小病毒逼迫人类重新审视在所有领域的行为方式。在音乐界亦是如此。自文艺复兴以来，是否曾有过如此长时间的现场音乐的消失？这本《音乐的危机：无法歌唱〈第九〉的日子》，让我对音乐的存在方式有了很多思考。

这本书围绕着贝多芬的《第九交响曲》[1]展开。没有哪首作品能像这首俗称《第九》的曲子一样，如此象征着19世纪资本主义的巨大发展、科学技术的进步，以及近代民众主义。尤其是第四乐章，几乎就像是在直接展现资本主义的本质：从第一乐章到第三乐章逐步呈现的主题——被否定，最后像大喊"就是这个了！"般，以

《欢乐颂》来做出终极肯定。《欢乐颂》从曲折迂回来到最后的大团圆,气氛直线上升,就像是资本主义不断破坏旧的形态,寻求未知的市场的过程,或者说是利用现代科技创造新市场以维持资本主义自身生命力的样子。同时,我们也能清晰地看到黑格尔辩证法[2]对贝多芬作曲的影响。贝多芬与黑格尔同年出生。那么,是辩证法在本质上具有优越的资本主义性呢,还是资本主义在运用辩证法呢?

然而,在这场疫情之下,《第九》成了最不适宜进行现场演奏的曲目。舞台需要容纳200多人的管弦乐队和合唱团,观众席则会有2000多人聚集。这不仅仅是为了防止病毒感染的问题,而且关乎这首乐曲的本质。只有众人紧密相连、携手共进,才能表现出这首乐曲所歌颂的兄弟情谊和人类之爱。同时,在当下,我们还能够衷心赞美这首乐曲所歌颂的永远追求不断上升的资本主义吗?正是贪婪的资本主义导致了环境破坏,这也是新型冠状病毒得以与人类接触的根本原因。

在这本书的最后,作者写道,在京都的街头,他偶然听到僧侣们为了祈求疫病退散而诵读经文,他不禁驻足聆听,完全沉醉其中。他甚至说,或许音乐本来就应该是这样的。现在,我们可以通过各种媒体不断地聆听音乐,但这种音乐的存在方式是20世纪才开始出现的。在古代,音乐是为了特别的日子和节日仪式而存在的。即使到了19世纪的欧洲市民社会,说到音乐,也是周末与朋友、家人一起合奏,或偶尔去听一场音乐会的享受。直到100年前,音乐还是这样的形态。后来随着唱片的发明和1920年世界首个公共广播电台在美国的出现[3],音乐与人的关系开始发生戏剧性的转变。然而,即使在音乐无休无止的当代,当恐怖袭击发生,或者日本天皇驾崩的时刻,音乐也会从日常生活中消失。并非有人命令,而是人们自发地这样做。这显示了我们内心深处还保留着远古时候的感觉。正因如此,我们才会感到僧侣们的祈祷才是音乐的本来面相。

在经历了新冠疫情的特殊时期之后,就算

疫情稳定下来，我们也无法简单地回到原来的世界。作者在此提出疑问：那时，人们会吟唱怎样的音乐呢？是回到《第九》，唱出战胜新冠疫情的胜利之歌，还是唱一首安魂曲呢？或者，追求不断上升、大团圆结局的现代性的音乐形式，是否还是适合后资本主义时代的音乐形式呢？音乐表达世界观，也预示着未来的世界。

在此基础上，我希望将《第九》从其象征性的角色中解放出来，让我们能够纯粹地聆听音乐本身。

2021年1月号

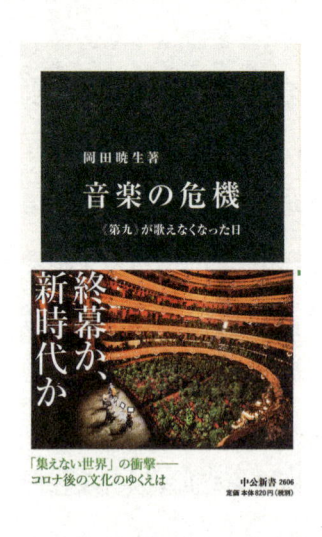

《音乐的危机：无法歌唱〈第九〉的日子》

冈田晓生著　中公新书

在2020年，随着新冠疫情的蔓延，世界各地的演唱会、音乐会等现场演出消失了。在近代社会中培养起来的聆听音乐、为人演奏音乐的行为陷入了前所未有的困境。在这样的情况下，文化是会就此结束，还是会迎来一个转折点呢？本书探讨了近代社会人与音乐的共生关系、音乐家的角色、现场音乐与流媒体或媒介录音的差异，以及以《第九》为例，对基于"密集聚集"的古典音乐的指摘等内容，同时探索了新冠疫情之后音乐现场的前线和未来的走向。

冈田晓生：1960年出生于京都府，京都大学人文科学研究所教授、音乐学者。1997年以讨论理查·施特劳斯歌剧的《"玫瑰骑士"的梦》一书出道。2001年因《歌剧的命运》一书获得三得利学艺奖。

1. 贝多芬的遗作，1824年首演，由管弦乐队、独奏家、独唱者和合唱团共同演出。首次有效地使用了声乐。
2. 一种思考方法，不舍弃任何一个"命题"（论题）或其对立的"反命题"（对立论题），而是通过发展和整合两者来探寻更好的命题（综合论题）。
3. 1920年11月2日，美国总统选举的即时报道被广播电台KDKA播出，这被认为是公共广播事业的开始。从那以后，全世界的广播电台和无线电接收机的制造与销售迅速发展。

Daniel Quinn
丹尼尔·奎因
作家
1935—2018

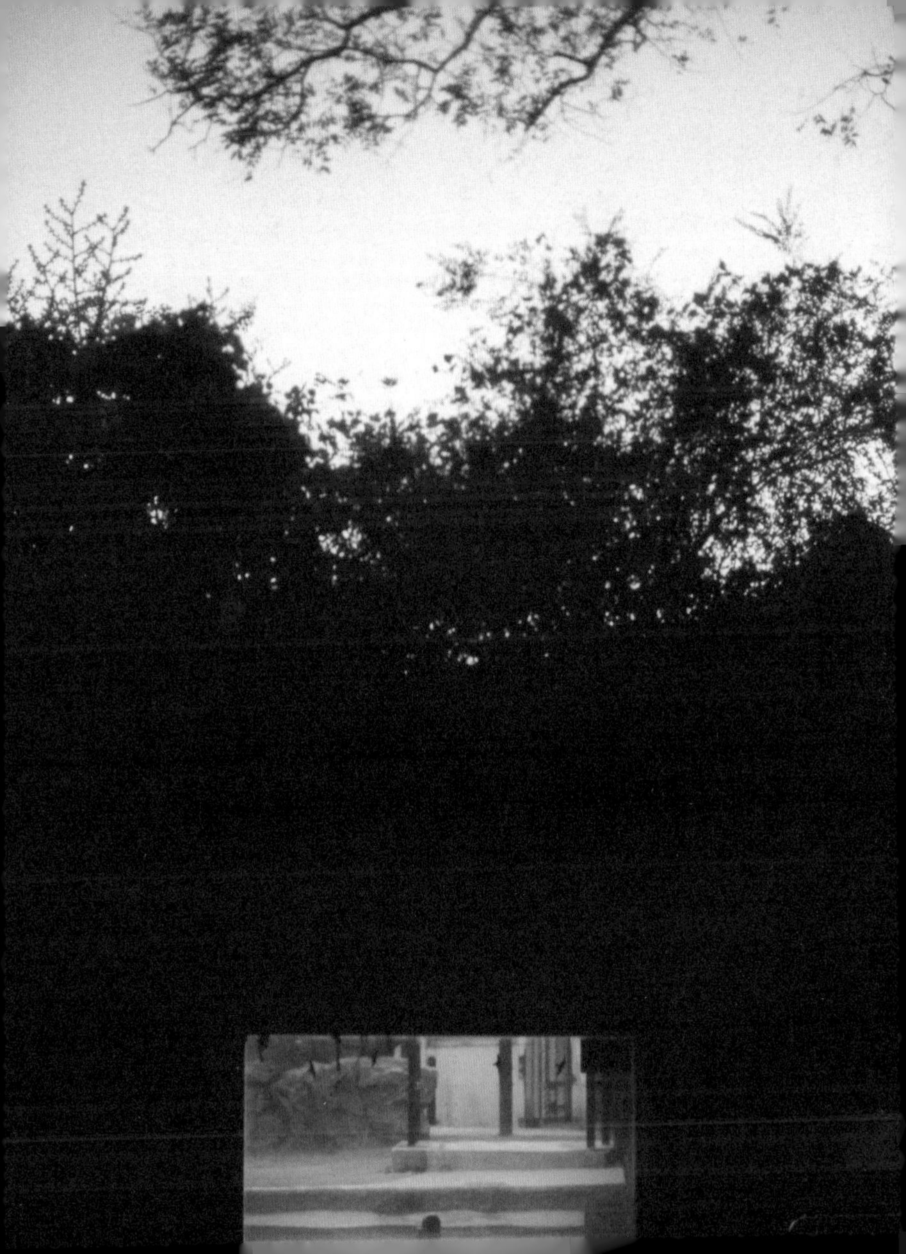

丹尼尔·奎因

有一天，"我"在报纸上看到了一则名为"拯救世界的教师"的宣传广告。尽管"我"觉得这很荒谬，但它在"我"脑海里挥之不去，于是"我"便按照广告上写的地址找了过去，结果发现那里的教师竟是一只名叫伊舒梅尔的大猩猩。

在阅读《反谷物的人类史》[1]时，我想到了这本《伊舒梅尔：人类还有希望吗》[2]，以及它们与克洛德·列维-斯特劳斯的《野性的思维》[3]之间的联系。这三本书都在质疑许多人仍然信仰的叙事，这个叙事即在漫长而严酷、悲惨的狩猎采集生活之后，为人类带来财富的农耕时代开始，并且形成了国家。

面对身为智者的大猩猩的最初的惊讶，渐渐转变为对"他"的敬畏。这位教师引导"我"深入思考人类的历史。

活在神话中的我们，因为神话太过自然，以至于甚至无法意识到神话的存在。为了让我们意识到这一点，伊舒梅尔要求"我"进行更深入的思考，并逐渐剥离"我"身上根深蒂固的思维方式。

这本书使用了一些特殊的术语。狩猎采集民是"留存者"，而农耕民是"获取者"。那些想要获取更多、追求无限繁荣的"获取者"，就是我们自己，也就是资本主义本身。在这7000年的时间里，"获取者"的统治已遍布全球，我们现在生活在"人新世纪"。

在这个故事的许多启示中，最让我震惊的是对《旧约圣经》的解释。

正如每个人都知道的那样，"获取者"的始祖亚当违背了神的意愿，没有吃生命之树的果实，而是吃了知识之树的果实，因此被逐出了乐园，不得不辛勤耕作（农耕）。但是，这个故事真的是被"获取者"们传承下来的吗？他们会在自己所信仰的宗教书籍的开头写上自己违背崇拜的神而被逐出乐园的故事吗？也就是说，这不是"获取者"的传承，而是"留存者"的传承。《圣经》的作者们可能都已经不再理解那个古老故事的意义了。

"获取者"们试图像神一样征服并统治世界。这是对抗神的行为，是对神所赐予的乐园——这个星球的自然——的破坏。面对如此离经叛道的《圣经》解释，欧美的读者们该是何等困惑啊！

我们必须意识到自己生活在何种神话之中，并且需要去更新它。我们必须作为"留存者"，在一个更加可持续的神话中生活。这不是要求我们必须回到狩猎采集的生活方式。我们迫切需要的是过渡到一个符合所有生命共同体法则的文明之中——所有生命都是根据这种法则生活的，除了"获取者"。"获取者"和他们的文明正在走向灭绝，不仅是他们自己灭绝，还将带着数百万种生物一起灭绝。

为了更新神话，我认为分享是很重要的。数百万种生命的共同体将这个星球作为"公共资源"进行分享而存活，那些不遵守这个法则的个体将无法生存。"获取者"所创造的资本主义厌恶分享，因为他们需要生产更多、消费更多才能繁荣。但在这个资源有限的星球上，无限的成长和繁荣是不可能实现的。

遗憾的是，作者丹尼尔·奎因在几年前去世了，但无论是我第一次读到这个故事，还是现在再读，我都深深地叹服于作者丰富的想象力和深刻的洞察力。

我在本书的第五节中提到的黑泽明的《德尔苏·乌扎拉》正是以"获取者"与"留存者"为主题的电影，让人不由得对黑泽明的洞见表示敬佩。

2021年2月号

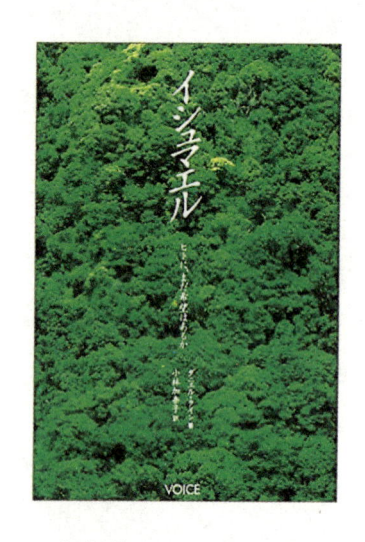

《伊舒梅尔：人类还有希望吗》

丹尼尔·奎因著　Voice出版　仅限旧书

"尽管程度有所不同，但你们每个人都被迫受制于一个强迫你们继续破坏世界的文明系统。如果不这么做，就无法生存。"本书采用了一种对话形式展开内容，记述会说人话的大猩猩"伊舒梅尔"与对社会不满的"我"之间的对话。亚当为什么要吃禁果？农业改革的真正含义是什么？本书不仅涉及《圣经》的记述，还通过对人类历史的考察和解释，以及与"我"的问答，让我们思考人类的功过和对未来的展望。

丹尼尔·奎因：1935年出生于美国（2018年逝世），作家。在圣路易斯大学、维也纳大学、洛约拉大学学习后，在芝加哥的出版界积累了职业生涯。1975年成为自由撰稿人和作家。因《伊舒梅尔》一书获得特纳明日奖（Turner Tomorrow Fellowship Award）。

1. 本书否定了传统的人类学历史观点，即人类从狩猎采集生活过渡到稳定的农耕和定居生活导致了国家的诞生，并主张定居、农耕和国家的建立是彼此独立的事件。
2. 台版译作《大猩猩对话录》。——编者注
3. 利用具有"野蛮人"和"野生的"两个含义的"sauvage"一词，通过人类学和科学性的验证，表达对原始人观念的哥白尼式转变的一本书。

Yoshikazu Yasuhiko
安彦良和
漫画家
1947—

特别对谈

安彦良和先生 × 坂本龙一先生

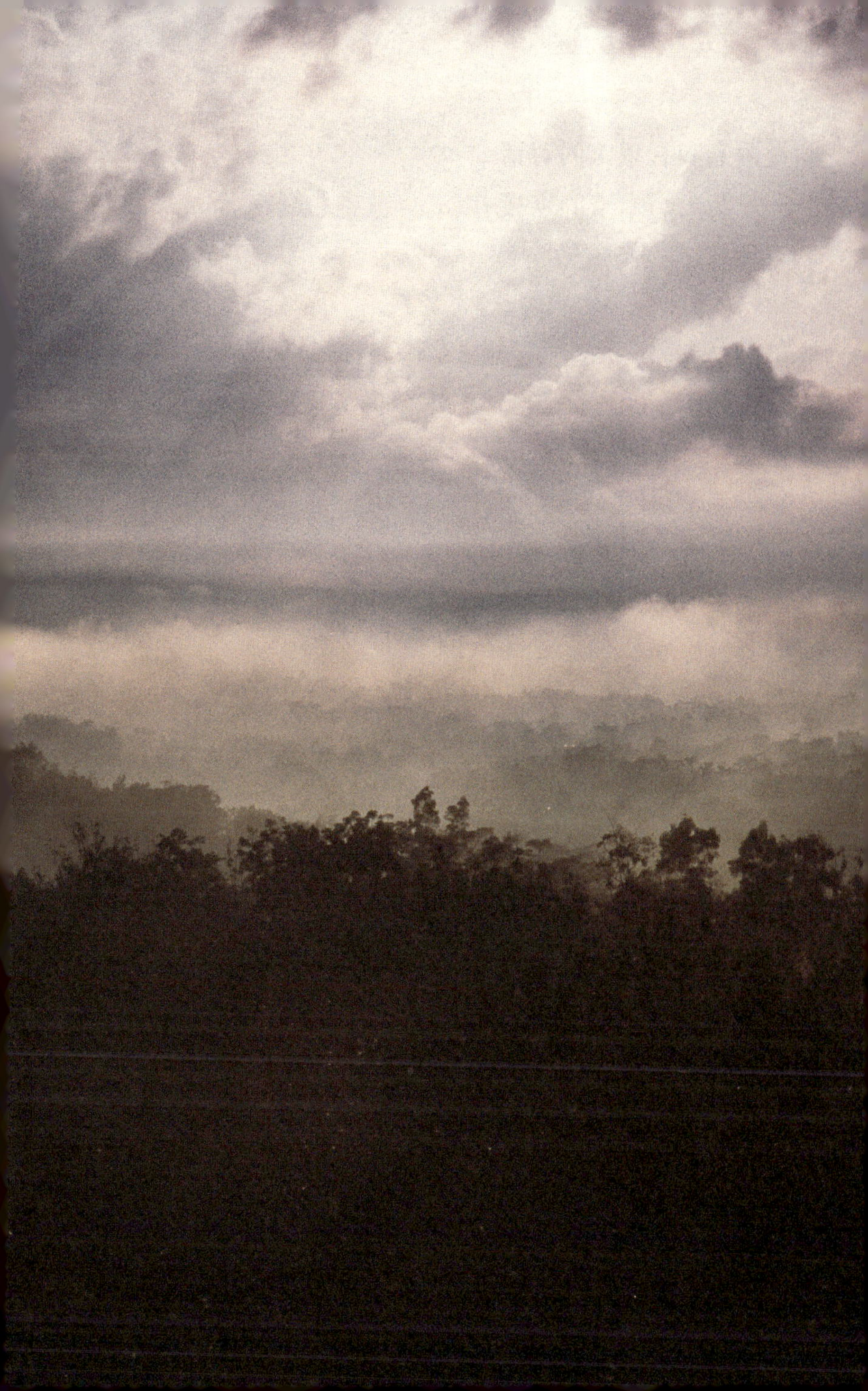

漫画家和音乐家的对话
——历史与未来的连接

是不是弄错人了？——这是漫画家安彦良和先生收到来自坂本龙一先生的对谈邀请时的第一反应。安彦先生从20世纪70年代开始参与了《机动战士高达》《宇宙战舰大和号》等多部动画作品的制作，确立了在动画界不可动摇的地位，后于1989年转型成为漫画家，根据自己独特的历史观解读了许多日本史实，创作出了多部受欢迎的作品。

坂本先生最近邂逅了安彦先生的漫画，在短时间内阅读了许多他的作品，深受感动。他想要直接和安彦先生聊聊。坂本先生的心愿促成了这次对谈。

两位从自我介绍开始，对话内容涵盖了日本古代史、近现代史、漫画、动画，甚至是特朗普政权下台后的世界局势等，各自的兴趣和知识交融在一起，话题无休无止。"如果这样下去，我们可能会聊上一整天呢。"坂本先生不禁这样说道。"等新冠疫情结束，我们下次一定要直接见面。"安彦先生如此回应。年龄相差5岁的两位的对话似乎还将继续下去。

坂本先生期待已久的首次对谈，于 2020 年 11 月通过 Zoom 进行。谈话非常热烈，像是"会聊上一整天"那样，涉及了广泛的话题。

坂本龙一（以下简称坂本）：

您开始描绘日本和东亚的古代史跟近现代史的契机是什么呢？

安彦良和（以下简称安彦）：

我做动画师大概有 20 年，之后开始画漫画。成为漫画家已经有差不多 30 年了。与动画不同，漫画只要卖得还行，你就能维持生计，所以当我成为漫画家时，就有了"我可以画我想画的任何东西了！"的感觉。（笑）因此，我开始一边描绘一边探索当时我很感兴趣的日本和东亚的关系，并同时画近现代史和古代史的相关作品。

我们都有一个共同的问题意识：
日本在哪里出了错？

坂本：您是否一直在关注日本帝国主义入侵朝鲜半岛和中国东北的历史？

安彦：我比坂本先生大5岁，当时是乡下的大学生，那时正值学生运动的鼎盛时期。那时候，作为高中生的坂本先生在东京参与了更激进的活动。所以虽然我们之间有5岁的年龄差，但我认为我们经历了相似的青春时代。我想我和坂本先生的问题意识可能是从那时候就连在一起了。我的作品主题就是"日本在哪里出了错？"。为了追溯这个问题，我画了以伪满洲国时代为主题的《虹色的托洛茨基》[1]，探讨伪满洲国为什么覆灭。那正是"末代皇帝"的时代。

坂本：您去过中国的东北地区吗？

安彦：1991年，我从哈尔滨往南到了大连，也为了取材去了内蒙古通辽市，那里就是故事的舞台。

坂本：我在1986年拍摄电影《末代皇帝》时去了大连和长春。日本人建造的城市街道和建筑物还保留着当时的样子，当时的"满洲映画协会"的音乐工作室也还存在；在那里，我和当地的演奏家进行了录音。

所有这些都是我难以忘怀的经历。因此我对安彦先生的近代史三部曲很感兴趣，也因为从年轻的时候起我就被阿伊努文化吸引，所以我是从《王道之狗》开始阅读您的作品的。

安彦：我描绘了中国东北地区，但我认为仅仅观察昭和时代是不够的，所以我一下子回溯到了明治时代。秩父事件[2]在我心中挥之不去。我觉得至少要从自由民权运动的挫败开始了解史实，现在我仍在追寻这些联系，连载中的《乾与巽——外贝加尔战记》[3]描绘的是大正时代出兵西伯利亚。我认为在这里，我最初的问题意识或许找到了一些因由。

坂本：当时，全日本的自由民权运动是非常活跃的，但之后，许多活动家都被逮捕了，他们中的大多数人在北海道严寒中被迫从事劳动，据说很多人都死了。

安彦：《王道之狗》的主人公就是其中之一。我的家乡在北海道的网走地区，我描绘的是开拓时期伊始的故事，那时候和人（非原住民）的定居者几乎就是囚犯。我感觉到了某种个人意义上的联系，也想到了秩父事件中的年轻囚犯在那里被阿伊努人所救的开场。那个时候，土佐地区的民权活动家德弘正辉[4]也曾定居在那里，北海道的先驱者中有很多这样的人。

坂本：安彦先生的祖先的家乡是在哪里？

安彦：我的祖先好像是从福岛的矿山来的，他们是以平民屯田的方式移住到北海道的，但是他们失去了国家给的田地，看起来像是崇尚开垦的明治时代的"吊车尾"般的一群人。

坂本：在旧时的北海道，住在附近的和人和阿伊努人之间似乎交流很多。我听说作曲家伊福部昭也会说阿伊努语。

安彦：德弘的妻子是阿伊努人，是在《王道之狗》中也出现过的历史上的真实人物。在《王道之狗》中，我虚构了她的妹妹和主人公之间产生微妙关系的情节。我喜欢借用历史事实，然后稍微进行一点虚构。

动画与音乐，两个"雷电"

安彦：稍微岔开一下话题，您知道《勇者雷电》[5]这部动画吗？

坂本：是的，我知道。

安彦：YMO 的 *Rydeen*（意为雷电）为什么也是"雷电"呢？这一直让我感到很在意，这次我鼓起勇气搜索了一下，似乎确实有一些关系。

坂本：和安彦先生同岁的细野晴臣喜欢漫画，对这些文化很了解，我记得是他提出"雷电"这个概念的。

安彦：《勇者雷电》的机器人设计是我做的。所以，当时我一直认为世界级的YMO和我们这个贫穷的动画工作室不可能有任何关系。（笑）

坂本：您对古代史的兴趣是从什么时候开始的？

安彦：一开始我通过古田武彦[6]先生的书对邪马台国论争有了一些了解。之后我读了原田常治[7]先生的《古代日本正史》，觉得非常有趣。我在读那本书的时候正好被问到"要不要画一下《古事记》？"，我就想用原田的理论来画画看。简单来说，就是通过追寻神社传承的故事，去探寻日本的起源。那个时候，很少有人认真谈论神社的事情，我觉得非常新鲜有趣。

坂本：受安彦先生介绍的《古代日本正史》启发，我在疫情暴发之前去了奈良，从石上神宫开始，花了两天时间巡游了出云系的遗迹。

安彦：那真是了不起，那些地方相距甚远呢。您去了当麻寺吗？

坂本：没有，没能去成。

安彦：其实我想要在现在正在连载的作品结束后，尝试画一下三轮山的箸墓的由来，就像是死者的灵魂降临并与女性相互感应的那种故事。

坂本：那出云系最重要的神祇——素戋鸣尊[8]不会被画进去吗？

安彦：原田先生非常喜欢那个领域，他的写作风格似乎是最后所有一切都与素戋鸣尊有关联，但我有点叛逆，想着"那我就从另一个方向来画吧"，从大国主开始描绘。虽然我觉得正确答案应该是从素戋鸣尊开始的。（笑）原田先生说素戋鸣尊是出云那里平田的人。如果你继续追溯的话，他是渡来人。我去了平田，有种恍然大悟的感觉——如果你想从日本海那边出去，需要越过山脉，但平田就没有山脉，可以直接从宍道湖边进来。所以，我认为平田在出云的内海沿岸是个特殊的地方。总之，我觉得在日本古代史中，日本与朝鲜半岛的联系是绝对不可忽视的。

坂本：我对诹访的原住民族守矢和他们的神祇御社宫司神[9]非常感兴趣。诹访是一个很特殊的地方，原住民族、出云系和追随他们的大和系三层部族的痕迹，在历经几千年的历史之后，仍以可见的形式留存，真是一个了不起的地方。我从 18 岁左右开始对古代史感兴趣，是因为我从直觉上感到日本人绝不可能是单一民族。从地理上看，在不同的时代，有许多人从北方、西方、南方进入日本列岛，我认为它充满了多样性。

日本应该是一个文化多样性极为丰富的国家。
——坂本龙一

安彦：我最新的古代史系列作品是《大和武尊》，我在画的过程中觉得有趣的是，大和武尊从东北远征回来时向着诹访湖方向前进，但不知为何在快到诹访湖之前大幅绕道，通过秩父抵达尾张回家。我认为诹访湖周边区域是一个非常神秘的区域。从绳文时代开始，包括建御名方神的怨念在内，这里被某种厚重的气氛所笼罩。我怀疑大和武尊也感觉到了这一点，故意选择了更困难的路线。

暂停脚步，才会有所发现

坂本：古代的人们非常害怕被自己征服的民族的怨念，因此，他们也会对被征服的部族的神祇表示尊敬。

安彦：确实如此。为什么出云是圣地？我认为是因为那里是被征服民族或者原住民的怨念聚集之地。

坂本：在古代史中，我能强烈感受到人们对被征服民族及其神祇的畏惧和尊重。我怀疑现代的权力者们对他们的敌人是否有同样的尊重。看到特朗普这样的人，我不禁产生了疑问。

只从理性的视角出发的话，还有很多东西看不到。
——安彦良和

安彦：换个角度来说，我也非常讨厌特朗普。然而，美国保护主义的根源存在着与全球化的矛盾。我担心之后全球化的各种问题会被相对轻视。

坂本：确实，反而可能下一个政权会以新的形式加速全球化。

安彦：埃马纽埃尔·托德[10]曾说："我虽然非常讨厌特朗普，但总统选举的时候我会在心里支持他。"从某种意义上来说，我可以理解。美国因为全球化得到了好处，一直在做着美梦，但当这一切开始不再全是好事的时候，特朗普就出现了。

坂本：从自由主义的角度来看，确实有这样的论调。抛开特朗普在个人品格上的恶劣不谈，从大局来看，布什或奥巴马在政策上的表现更糟。所以，如果拜登接续奥巴马的政策，那将是极大的问题。话虽如此，特朗普还是史上最糟糕的美国总统。

安彦：我希望这可以成为一个契机，让自由派的人们能暂停脚步，去思考一下"自由主义到底是什么"。在完全陷入僵局的古代史研究领域，当有人提出要从神社传承来研究古代史时，自由派的人会非常反感。然而我感觉到世界上有很多东西，仅仅从自由主义和理性的视角出发，是无法看到的。

2021年3月号

1. 通过一个探索自己的过去和身份的青年的视角，对日本昭和时代初期的中国东北地区进行了描绘。作者挖掘历史记录，并触及了伪满洲国的犹太人问题，是一部将史实与创作融合在一起的作品。
2. 由于财政政策引发的通货紧缩、市场崩溃和增税，埼玉县秩父郡的农民生活困苦，于明治十七年（1884年）对政府发起了要求延期偿债等的武装起义事件。最多时约有一万人参与。
3. 以大正时代出兵西伯利亚为背景，描绘了陆军军曹和年轻的报社记者两人在俄罗斯战场上的生存故事。该作品正在《月刊Afternoon》（讲谈社）上连载。截至2023年8月，已发行至第9卷。
4. 1855年出生（1936年逝世），日本土佐藩出身的乡士。在明治十五年（1882年），他是最先进入北海道上涌别町的阿伊努村落进行开拓的日本人，致力于田作物的种植，也被誉为"阿伊努之父"。
5. 从1975年开始大约一年时间内，在NET电视台系列频道播出的机器人动画。该系列共50集，其中前半部分由富野由悠季先生执导，后半部分由长滨忠夫先生执导，也是安彦先生首次担任角色设计的作品。
6. 1926年出生于福岛县（2015年逝世），古代史研究家。毕业于东北大学，曾任高中教师等职，后成为昭和药科

大学教授。著有《"邪马台国"不存在》《失去的九州王朝》《被偷走的神话》等书籍。

7. 1903年出生于千叶县（1977年逝世），毕业于日本大学，曾担任讲谈社《讲谈俱乐部》的总编。之后，创立了后来的妇人生活社，即同志社。围绕神社进行古代史研究，并出版了《古代日本正史》《上代日本正史》等书籍。

8. 在日本神话中出现的神。虽然有多种说法，但根据原田常治的观点，他是出云的古代王者，并且征服了九州的邪马台国。现在作为驱除厄运的神被信仰，埼玉县的冰川神社等将其作为主要祭神。

9. 长野县诹访地区自古以来传说中的神或精灵，其称呼、与诹访大社的关系及其真实身份有多种说法，至今仍然是个谜。

10. 1951年出生，法国历史人口学者、家族人类学者，在剑桥大学获得博士学位。基于细致的统计调查对现代社会进行分析，并提出问题。著有《最后的坠落》《帝国之后》等书籍。

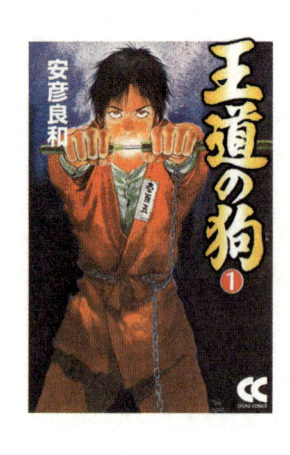

《王道之狗》
安彦良和著　中公文库漫画版

明治二十二年（1889年），在北海道开拓中被强迫劳动的两名年轻囚犯决定越狱，逃往虾夷之地。他们因为参与自由民权运动被迫从事苛刻的劳役工作。本书以明治时代的东亚史为背景，描绘了追求王道的年轻人奋发图强的形象。从1998年到2000年在讲谈社出版的 *Mr. Magazine* 上连载，2004年由白泉社出版了修正完全版。获得第4届文化厅媒体艺术节漫画部门优秀奖，与讲述明治后期故事的《天之血脉》和讲述昭和初期故事的《虹色的托洛茨基》并列，是安彦近代史系列作品的其中之一。

安彦良和：1947年出生于北海道，漫画家。在弘前大学退学后成为动画师。参与制作了《宇宙战舰大和号》《机动战士高达》等作品，1989年成为全职漫画家。著有《亚里安》《大国主》等作品。

Genjiro Okura
大仓源次郎

能乐表演者
1957—

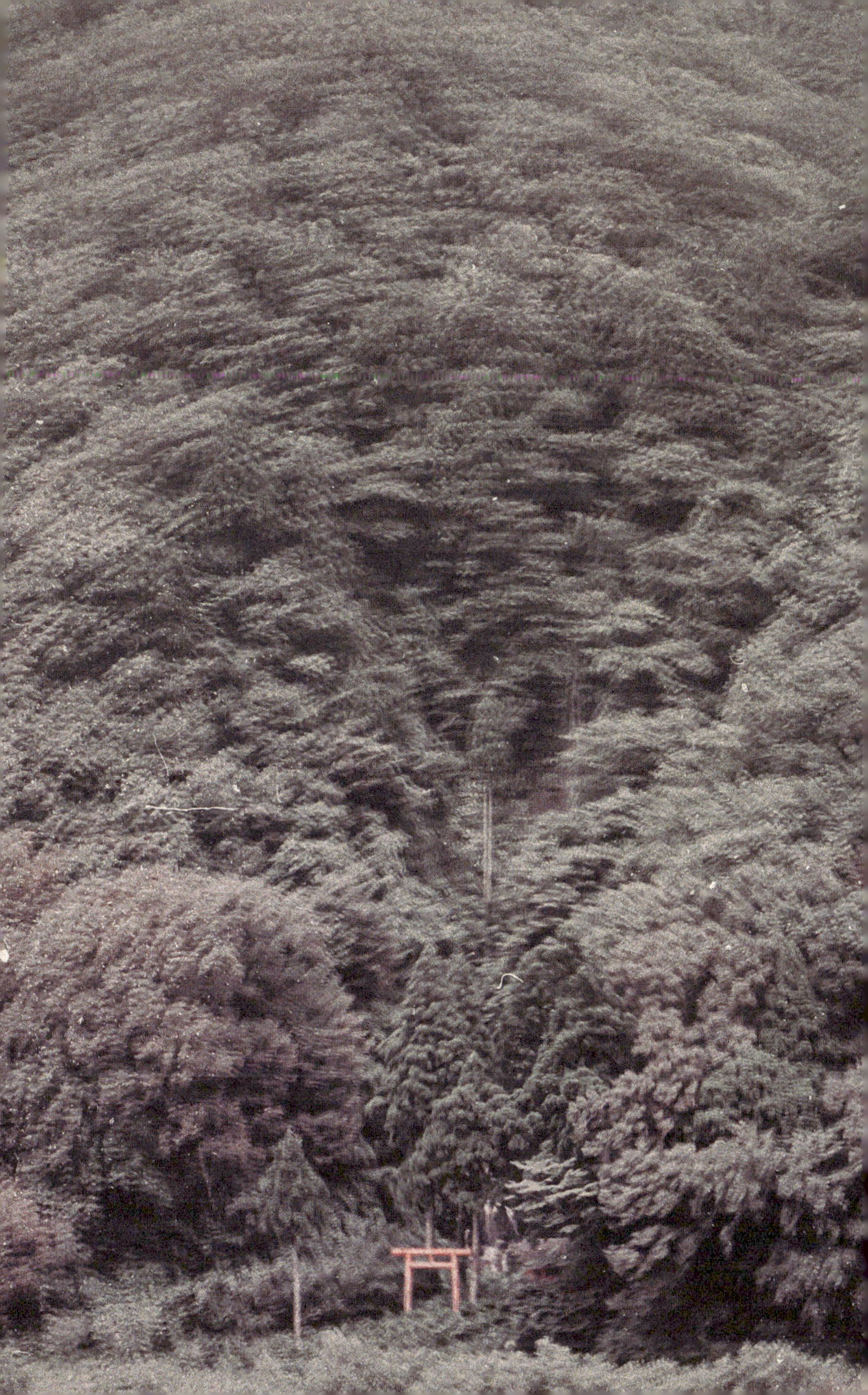

大仓源次郎

我从年轻时起就一直厌恶保守的日本传统文化,更不用说"花鸟风月"之类,我觉得那只是富人的消遣。我唯一喜欢的是"雅乐"。我觉得它是与西洋音乐截然不同的难以捉摸的音乐,我完全被其音色所吸引。

到了50岁时,我有好几次机会去非洲,被那里的动物、植物特别是鸟的美丽所震撼。"这不就是花鸟风月吗?"——当我意识到这一点的时候,我不禁苦笑。不知道是自己年纪大了,审美堕落,还是开始意识到传统文化的丰富性,总之从那时起,我开始对日本传统文化产生了兴趣。首先我尝试将我最喜欢的诗人叶芝的戏剧《鹰之井畔》[1]和受其影响创作于战后日本的新能乐

《鹰姬》[2]相结合,用装置艺术的形式上演一部新作品。当我和野村万斋先生商量的时候,他带来了顶尖的能乐师们,其中一位就是大仓源次郎先生。大仓先生后来成为"人间国宝",但他十分谦逊,易于与人交谈;从那时起,我们的交流就开始了。

《通过能乐解读日本史》一书正是通过对能乐的解析,让我们了解到日本历史的背面。我对大仓先生强调的两点特别感兴趣。

一是关于能乐的起源。据大仓先生所说,很久以前奈良盆地居住着许多来自亚洲的人。这边的山上是来自朝鲜半岛的人们,那边的村落是来自中国的人们,还有大和政权之前的原住民族等,同一个地区内混居着来自各国的人们。在为了庆祝东大寺大佛开眼而从远方来到日本的亚洲各国的成千上万的乐师和舞者中,肯定有就此留在奈良的人。来自各个国家的艺术文化在奈良盆地交融并发酵,几百年后开花结果,这个果实就是能乐。大仓先生自己也写道,他是渡来系的秦氏后代。

秦氏据说起源于秦国,是在公元3世纪左右从朝鲜半岛迁移到日本的。秦氏是传播先进文化和技术如纺织、土木、医学等给日本的有力家族之一,也受到了当时朝廷的重用。能乐师就出自秦氏家族。能乐根植于东亚多元文化的事实让我感到非常激动,我也感觉到能乐中混合了继承自绳文时代的DNA。

另一个吸引我的点是大仓先生强调的"权现思想"的存在。日本佛教势力和神道势力的争斗,就像苏我氏和物部氏的战争般著名,且持续了很长时间。即便进入了明治时代,仍然发生了废佛毁释的事件,可以说这种对立一直延续到近现代。针对这场争斗,权现思想提出了神佛习合,并试图促成佛教势力和道教势力的和平共处。古时日本人就持有一种草木山河亦有神居住的泛灵论生命观,权现思想认为这些神和佛陀都是草木山河的泛神灵在日本土地上临时显形的形态。大仓先生说,这种权现思想是能乐背后的支撑。能乐是和平的艺能。

2021年6月，《纽约时报》报道了我发表的舞台作品《时间》[3]，并且高度评价说"《时间》是能乐"。我自己并不认为它是能乐，但它确实受到了能乐的巨大影响。在《时间》中，是我在做梦，还是梦中的我在梦见现实——这种状态是作品的背景，这既像是庄子的"庄周梦蝶"，也像是澳大利亚原住民的世界观，可能也与"梦幻能"颇为接近。

2022年2月号

《通过能乐解读日本史》

大仓源次郎著　扶桑社

作者大仓源次郎从室町时代开始,用能乐的视角重新解读了日本历史。本书首先解释了能乐的基本知识、剧目,以及现代能乐形态形成的历史,之后通过对《翁》《花筐》《养老》《高砂》《大江山》等30多个能乐剧目的解读,自由地推演了它们背后隐藏的宗教、渡来人、"记纪"、战国武将、天皇、文化遗产等的深层关联。通过书页内的二维码,还可以观看这些作为推演依据的能乐剧目视频。

大仓源次郎：1957年出生，能乐小鼓师大仓流第16世宗家。为了让每个人都能轻松接触到能乐，他制作了"走出能乐堂的能乐"，并进行策划、演出和演讲等。2017年被认证为日本重要无形文化遗产持有者（人间国宝）。

1. 受到欧内斯特·费诺罗萨关于能乐的草稿影响而写就的戏剧，1916年在伦敦首演，讲述凯尔特英雄寻找不死之水，抵达一口井旁，却被守护井水的像鹰一样的女子迷惑，错失良机的故事。
2. 横道万里雄将融合日本古老艺术和凯尔特神话世界的《鹰之井畔》，以能乐形式改编为《鹰之泉》，后经过进一步改良，于1967年由观世寿夫等人演出。
3. 舞者田中泯、笙奏者宫田麻由美参演，在阿姆斯特丹举办的"荷兰艺术节2021"上进行了世界首演。以夏目漱石的《梦十夜》的第一篇和能剧《邯郸》为主题。与高谷史郎合作创作。

2023年的坂本图书

坂本龙一 × 铃木正文

2023年3月8日（周三）14点过后。
坂本龙一先生最近在读的10本书摆在面前，
两位的对话开始了。

《鸥外近代小说集》

森鸥外著　岩波书店　旧书

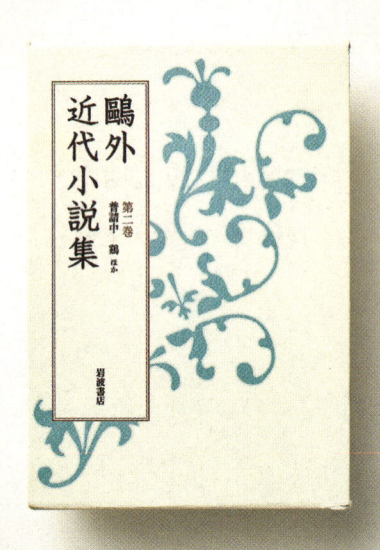

2012年为了纪念森鸥外诞辰150周年而出版。收集了鸥外以自己生活的时代为舞台所著的小说和戏剧共6卷的选集。所有作品都改为了新字体，并对现代人不熟悉的表达加上了注释。第一卷收录了德国三部曲《舞姬》《信使》《泡沫记》等9篇作品。第二卷收录了《鸡》《金毗罗》《沉默之塔》等21篇作品。第三卷收录了单行本未收录的《灰烬》等10篇作品。第四卷收录了鸥外首部长篇教育小说《青年》。第五卷收录了《走马灯》《分身》《临床病历》等13篇作品。第六卷收录了《仿佛》《雁》等10篇作品。

《漱石全集》

夏目漱石著　岩波书店　旧书

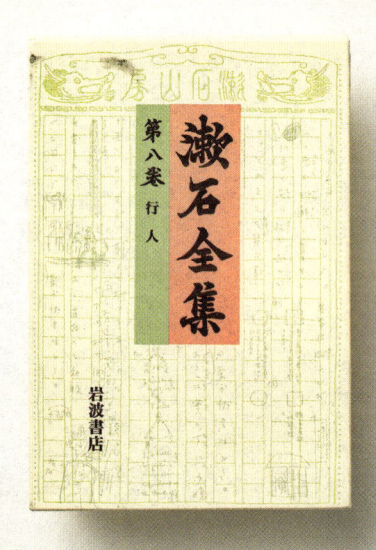

《漱石全集》已经出版过多个版本，坂本所读的是岩波书店自1993年起出版的系列。从第一卷的《我是猫》开始，包含了《少爷》《伦敦塔》《草枕》《二百十日》《野分》《虞美人草》《坑夫》《三四郎》《从此以后》《门》《彼岸过迄》《行人》《心》《道草》《明暗》等小说作品，此外还有漱石作为英文学者的工作评论、日记、俳句、言行录、书信，以及全集的总索引等。这些内容全都收录在全28卷和附录1卷中。

《不合理故我信》

埴谷雄高著　现代思潮社　旧书

于1950年（昭和二十五年），由月曜书房出版。这是埴谷雄高的警句集，也是他的第一部单行本。最初发表在他与山室静、平野谦、本多秋五、荒正人、佐佐木基一、小田切秀雄等人于1939年10月共同创办的同人杂志《构想》上，一直连载到最后的第7期。当时的标题是 Credo, quia absurdum。在该杂志的创刊号和第2期中，还发表了埴谷的中篇小说《洞窟》。这本书至今已经出版过数个版本，本次对谈中介绍的是1961年（昭和三十六年）由现代思潮社出版的版本。由粟津洁担任封装设计，还收录了诗人谷川雁与埴谷之间的往复书简。

《夷斋风雅》

石川淳著　集英社　旧书

1988年（昭和六十三年）出版。号夷斋、受人爱戴的石川淳的最后一部随想集。"夷斋先生自由穿梭于和、汉、洋三个世界，基于博大精深的知识享受着语言的构造之趣，随心所欲地在时空中游戏"（本书腰封）。收录了在杂志《昴》上从1983年1月号到12月号连载的《夷斋风雅》，以及同杂志于1986年1月号到12月号连载的《续夷斋风雅》。《夷斋风雅》收录了包括《忘言》在内的12篇文章，《续夷斋风雅》则收录了《神仙》等12篇文章。开篇刊登了随笔《忘言》手稿的原稿用纸。

《默示》

富泽赤黄男著　俳句评论社　旧书

于1961年（昭和三十六年）出版，限量100部。继《天之狼》《蛇之笛》之后出版的富泽赤黄男的第三本俳句集。富泽赤黄男生前出版的俳句集仅此三本。本书出版约半年后，富泽赤黄男于59岁辞世。全书收录了90句俳句，每句都采用了一字空格的技巧，如"只有两棵草　时间"和"于零之中　踮起脚哭泣"。在被评为象征主义的富泽赤黄男作品之中，本书收录的俳句高度展现了其象征性与抽象性。

《晴日木屐》

永井荷风著　东都书房　旧书

这是永井荷风在杂志《三田文学》1914年8月号上发表的随笔，随笔连载到1915年6月号，共9回。同年11月，添加了序文并重新编辑为全11章，每章都附有标题，由籾山书店出版。包括《第一　晴日木屐》《第二　淫祠》《第三　树》《第四　地图》《第五　寺》《第六　水　附　渡船》《第七　路巷》《第八　闲地》《第九　崖》《第十　坂》《第十一　夕阳　附　富士眺望》。本次对话中介绍的是于1957年（昭和三十二年）出版的东都书房限量500部的版本。书中附有晚年的荷风支持者相矶凌霜所写的《晴日木屐余话》别册。

《意识与本质：探索精神的东方》

井筒俊彦著　岩波文库　旧书

杂志《思想》1980年6月号上发表的作品。连载结束于1982年2月号，断断续续地连载了8回。本书于1983年（昭和五十五年）由岩波书店出版。这是井筒俊彦试图将东方哲学从地理和时间轴中解放出来，实现"东方哲学的共时结构化"的代表作之一。在坂本的书架上，还有2001年岩波书店出版的宽版。本书收录了井筒在《意识与本质》之前发表的三篇小论文，即经过补充修正后于杂志《理想》1979年12月号上发表的《本质直观》，于同杂志1975年2月号上发表的《禅的语言意义问题》，于《思想》1979年1月号上发表的《对话与非对话》。

《无门关》

西村惠信译注　岩波文库

1994年出版。中国宋代僧人无门慧开（1183—1260）编纂的公案集。在禅学中，公案是老师给修行僧的课题，同时也是指导后来禅修者的"古则"。书中介绍了从古今禅者们的问答中选出的48个公案，每个公案都附有无门的评唱和颂，包含原文（汉文）、诵读文、词注和现代语翻译。

《井筒俊彦英文著作翻译集：老子道德经》

井筒俊彦著　古胜隆一译　庆应义塾大学出版会

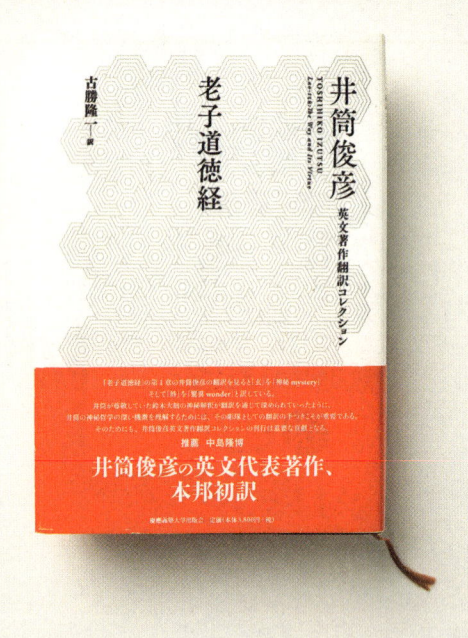

2017年出版。井筒俊彦从20世纪50年代到80年代用英文所著的代表作，也是日本首次翻译出版的"井筒俊彦英文著作翻译集"第一辑。面对中国古典《老子道德经》的传统解释，井筒选择了忠实于原文同时施加了神秘主义的解释，展开了他独特的《老子道德经》论述。井筒对于东方哲学特别看重老子及其思想。序文中简洁明快地解释了老子和《道德经》，同时提出了老子的哲学观。书中补充了原文和训读文，并收录了译者的解释和索引。

《中国的思想[XII]庄子》

岸阳子译　德间书店

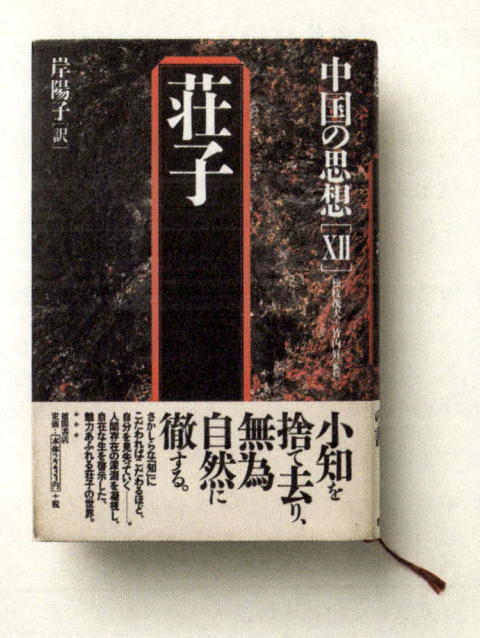

1996年出版。展开语言论、他者论、自由论等广泛思想论述，超越中国古典的框架的《庄子》，由庄子自著的"内篇"7篇，后人以密谈或故事等易于理解的形式阐述"内篇"的"外篇"15篇，以及以愉快的故事阐述庄子思想的"杂篇"11篇，共33篇组成。本书选取了33篇中的"内篇"全部篇章（《逍遥游》《齐物论》《养生主》《人间世》《德充符》《大宗师》《应帝王》），以及"外篇""杂篇"中著名的故事或成语出处，进行了现代日语翻译。

《鸥外近代小说集》森鸥外
《漱石全集》夏目漱石
《不合理故我信》埴谷雄高

> 铃木：可能如果不是听坂本先生说到，我想我不会再读永井荷风的书。
>
> 坂本：是啊。
>
> 铃木：但是，听说坂本先生最近在读荷风的书，我就想也再来读一读，刚好手边有他的《鸥外先生》[1]，就拿起来读了一下……挺有意思的。
>
> 坂本：有意思的。
>
> 铃木：但听说您在读荷风的书的同时也在读鸥外的书，我觉得有点意外。
>
> 坂本：您说得对，我其实对森鸥外没兴趣。
>
> 铃木：对吧。
>
> 坂本：我大概是到了初中、高中时开始对书感兴趣的，家里有很多书，所以很容易接触到，但是绝大多数是夏目漱石的作品。
>
> 铃木：如果是鸥外的书的话，大概就是《情欲生活》[2]吧。
>
> 坂本：嗯。还有，我很早熟，如果是中学生的话，

可能会读巴勒斯的《瘾君子》[3]之类的。与其说是读，不如说是在看。就像"哇，这很酷呲""这是剪辑呲"那样。（笑）

铃木：那真是早熟呢。（笑）

坂本：在我心中，说到近代日本文学的代表人物，那就是漱石。因为读了漱石的作品，后来就连接到了柄谷[4]先生。因为柄谷先生作为评论家的起点是针对漱石写的评论。

铃木：您没有去读江藤淳[5]的书吗？

坂本：高中的时候，我觉得他的文章"写得真好啊"，所以稍微读了一些，但没有深入研究。

铃木：我因为政治上的偏见而讨厌江藤淳，所以我也没有怎么读他的书。

坂本：我也是。

铃木：那么，您是从漱石连接到柄谷先生那里去的呢。

坂本：还有，那个时候我一进高中就对政治感兴趣，所以就去了社研。

铃木：社会科学研究会。啊，新宿高中是社会科学研究部[6]对吧。

坂本：在新宿高中，二战前就有的老教学楼里有社团活动室。那时候是立川的砂川斗争[7]期间,所以高二、高三的学长们流着血、缠着绷带回来。看到他们,我就觉得"太帅了"。(笑)

铃木:"太帅了"吗?(笑)

坂本:我和其中一个高三的学长变得很亲近,那个学长不仅搞政治,也搞文学,还吟咏和歌呢。

铃木:是吗?

坂本:他是个非常酷的人,很虚无的样子。我和他一起去图书馆,他推荐说"读读这个吧",递给我的是埴谷雄高[8]的书。

铃木:是吗?那肯定是您父亲制作的书了。

坂本:那是我第一次看到"埴谷雄高"这个名字的汉字书写。我老早以前就经常听到"Haniya Yutaka"这个名字,但只是听过发音。因为我父亲经常提到"埴谷先生",我听到后只是想说"好奇怪的名字啊"。但那次在图书馆里,我第一次认出了这个名字的汉字写法。

铃木:好有意思的故事。

坂本:那时候我拿起的书是《虚空》[9]。我痴迷地读完它,然后很快就拿到了《不合理故我信》。这不就是一本很帅的书嘛。我当时心想"这也行?!"，真的太酷了。

铃木：装帧也非常棒。

坂本：我也是通过这本书第一次知道了格言[10]这种文学形式。

铃木：原来如此。

坂本：之后我知道了他花了几十年时间写作的《死灵》[11]，而且他是我父亲佩服得五体投地的作者，我就觉得他像是亲戚里德高望重的叔叔一样。

铃木：当然，那个时候您的父亲正是埴谷先生的责任编辑对吗？

坂本：我不知道他是否直接负责，但我想他们的关系应该很亲密。

***

坂本：我对森鸥外几乎不感兴趣……大概只看过他的《舞姬》[12]。

铃木：那是一个很糟糕的故事。

坂本：是的。我听说那是真实故事，就想"这家伙是什么情况"。（笑）他是军医，而且还是陆军医疗系统的高层人员。

铃木：而且，他是用国家的钱去德国的。

坂本：真的太糟糕了。我带着对他的反感，所以没怎么读过他的作品。（笑）所以我读森鸥外的作品是最近的事，就这几年。我开始随便翻阅永井荷风的作品，荷风很尊敬鸥外，鸥外也很喜爱荷风。从中我也知道了鸥外曾居住在观潮楼[13]的事情。观潮楼，真是个好名字。

铃木：现在的东京千驮木附近，在那时似乎可以看到东京湾。

坂本：真是个好地方啊。听说那里聚集了很多歌人，荷风也经常去，他们在那里进行创办《三田文学》[14]的活动，做了各种各样的事情。

铃木：那是个美好的时代。

坂本：荷风写过，自己写小说的时候，会先读鸥外的作品；写美术评论的时候，会读鸥外翻译的跟美术相关的书。而且，当有文学志向的学生来到自己这里时，他会首先让他们去读"鸥外全集"。

铃木：好像是这样呢。

坂本：最初的"鸥外全集"有38卷呢，包含了小说、翻译作品和评论，每一本都很厚，写这些真是耗费了巨大的心力。

铃木：真是大工程啊。

坂本：鸥外白天到傍晚都在医院工作，结束工作回到家之后，还要写作到深夜。哎呀，这还真不是一般人能做到的。

铃木：荷风曾写过，有些人好像走在了时代前面。鸥外大约在51岁退官后，开始写一些考据时代的作品。

坂本：比如《涩江抽斋》[15]对吧。石川淳说《涩江抽斋》是日本近代文学中最高水准的文字。石川淳也非常迷恋鸥外，受到了他很大的影响。

***

坂本：鸥外的小说有意思是有意思，但感觉就像在看电视剧。

铃木：原来如此。

坂本：该怎么说呢……我觉得那只是一种智力性的劳动。然后，可能是作为一种反作用力，我想读一下漱石的作品，就开始读了。现在我正在读《行人》[16]，但感觉确实不一样。

铃木：有什么地方不一样？

坂本：鸥外非常擅长风景描写。但从戏剧性上来说，更强烈地吸引人的是漱石的作品。漱石的文字更加深刻地触动了我的心。这可能是"公人"森鸥外和放弃了所有官职、成为"私人"的漱石之间的不同吧。还有，比起精神病学来说更应该说是心理学吧，漱石对此的敏锐探求精神深深地打动了我。所以现在我一边思考着鸥外的作品，一边读着漱石的作品。（笑）

铃木：您第一次读《行人》是什么时候？

坂本：大约是大学一年级的时候吧。

铃木：觉得有意思吗？

坂本：不太明白，也不怎么有趣。

铃木：这样啊。（笑）

坂本：当然，我觉得像《三四郎》[17]和《心》[18]这样的作品很有趣，一直在读。但到了中年，我就特别喜欢上了《草枕》[19]，读了很多遍。

铃木：那是40岁左右的时候吗？

坂本：可能再大一点，大概45岁。

铃木：那是去纽约的时候吗？

坂本：嗯。漱石的作品是永远读不厌的。

铃木：《行人》有什么地方特别好吗？

坂本：主人公是在缓慢地疯狂，变得越来越神经衰弱。读起来都觉得害怕。因为是在报纸上连载的作品，所以漱石用了相当多的篇幅，慢慢地展开情节。读起来相当触动人心。

铃木：相比之下，鸥外的作品……

坂本：篇幅短。

铃木：不是那种深入情感的写作笔法吧。

坂本：我觉得相当客观。因为他是科学家。设定是有趣的，但因为是客观的，所以感觉不够深刻。因此读起来虽然有趣，但就像在看电视剧一样，会让人想去读更深层次的东西。

***

坂本：话说回来，随着年纪越来越大，我越来越被旧书吸引。我父亲也收集过旧书。书啊，不仅仅是获取信息的媒介。

铃木：对啊，不仅仅是为了获取信息。

坂本：比如质感，纸张和墨水的味道，装帧之类的，在某种程度上，它们让人感受到艺术品和物件的美好，不是吗？所以即使不读，也想拥有它们。

铃木：光是拥有就很棒了啊。

坂本：对，想要欣赏它们。比如那些随着时间变化而褪色的纸张，也有很多装帧精美的书。我觉得这些是无可替代的，所以越来越喜欢了。现在我都说"没有旧书就活不下去了"呢。（笑）

铃木：是吗？那是从什么时候开始有这种感觉的？

坂本：大概这10年吧。

《夷斋风雅》石川淳

坂本：《夷斋风雅》很棒对吧？很美的书，私藏版。

铃木：我可以摸摸吗？真不错啊。

坂本：装帧做得很出色。

铃木：1988年就出版这样的书了。太厉害了。

坂本：石川淳的文章总之是写得很好的，我虽然一直在读他的书，但突然有一天特别着迷。不像鸥外和荷风的关系那么夸张，但我确实是因为吉田健一和石川淳的关系开始去读他的书的。一开始是读吉田健一的书，在阅读过程中了解到他和石川淳的联系，然后从那之后开始读石川淳的作品，觉得非常有趣，一下子就迷上了。因此入手了这好几本美丽的旧书。

《默示》富泽赤黄男

坂本：然后是这本，富泽赤黄男的书。

铃木：我完全不知道这位。

坂本：他是一位俳人。这本书也非常棒。《默示》是他最后一部俳句集。很漂亮，对吧。我希望现在还能再制作出更多这样的书。如果可以自己制作，我想要制作这样的书。

《晴日木屐》永井荷风

坂本：这本《晴日木屐》也很好。

铃木：装在盒子里，很精美啊。

坂本：虽然不是初版，但很干净漂亮吧。

铃木：您读的就是这个版本吗？

坂本：是的，我是用这个版本读的。

铃木：这样啊。

坂本：里面还有荷风本人画的插图。

铃木：这太了不起了，是限量500册中的第378册，昭和三十二年（1957年）出版的。我是用文库本来读的，但您能用这个版本去读真是太了不起了。

坂本：最初我是在Kindle上开始读的，但觉得这本书必须要用实体书来读，所以就去找来买了。是有这样的书对吧？

铃木：有的。

坂本：在Kindle上可以试读一点对吧？

铃木：可以试读的。

坂本：如果觉得从内容上来说想读实体书的话，我就会放下Kindle去找实体书。音乐也是这样。试听一下流媒体上的音乐，然后会想"这个的话，我想要实体唱片"。与过去相比，现在方便多了。

《意识与本质：探索精神的东方》井筒俊彦

坂本：在今年的生日，1月17日，我突然就想要彻底理解意识的本质和存在的本质。

铃木：就突然想要去理解了啊。（笑）然后就去读井筒俊彦的《意识与本质》了吗？

坂本：虽然真的很难懂。（笑）从那之后，我就开始读佛教的唯识论和中观论。这些都相当难懂。简单地说，唯识论是认为一切事物都是由心所造的一种观点，在晚年的三岛由纪夫[20]的作品中也有涉及，在他最后的四部作品中可以读到。中观论则是以编写《中论》[21]的龙树为开创者而发展的，和唯识论接近，但又是另一种东西。唯识论和中观论是日本佛教的基础，所有的和尚都必须要学习。现在我正在读相关的书，但老实说，我感觉有点读不进去。感觉只是对逻辑批判的回应。对我来说可能太过于智性了。比如，像禅学那样直截了当地告诉我"一切皆是无"，对我来说可能更加合适。

铃木：原来如此。这本井筒的书也写到了，他在利用西方的概念结构的同时，试图深入探索东方精神的本质。

坂本：有深入细致追求的方向。虽然对想要成为和尚的人可能是必要的，但我不是想要当和尚，我只是想要吸收这些信息。我是觉得读起来有些难度。

《无门关》西村惠信
《井筒俊彦英文著作翻译集：老子道德经》井筒俊彦
《中国的思想[XII]庄子》岸阳子

铃木：从井筒俊彦到《无门关》是怎么过渡的呢？

坂本：井筒先生的书我很早以前就在读，与其说是从井筒先生那里过渡的，不如说是我稍微尝试认识了一下唯识论和中观论之后，感觉禅学更适合我，所以我重新读了《无门关》。

铃木：感觉"适合"这个说法也很有意思。（笑）

坂本：禅学是佛教和原本就存在于中国的道教相结合的产物，有老子和庄子的书。虽然没有必要比较，但它们还是很不同的。如果要说，我更感兴趣的是庄子的书。

铃木：为什么会对庄子更感兴趣呢？

坂本：读了井筒先生翻译成英语的《老子道德经》后，我又产生了这个想法。可以说是有种亲近感吧。书里写了很多杂说和神话故事的东西，还有类似人生教训的内容，其中也涉及了意识的本质。我认为庄子的书更有趣。

铃木：禅学要达到"无"的境界也是很难的啊。

坂本：虽然完全变成"无"是很困难的，比如说呼吸。我住院的时候，躺在床上，当身体疼痛的时候，我会认真地对自己说"现在的疼是无"，然后尝试着去忘掉它。（笑）

铃木：去年吗？

坂本：嗯。

铃木：有效果吗？

坂本：疼的地方还是会疼。（笑）不过，如果我努力去客观地想，这只是我的意识在感受疼痛，那种占据一切的疼痛感确实会有所减轻。

铃木：对坂本先生来说，这是一种实践啊。

坂本：可能正因为这样，在今年的生日，我就想要彻底理解"存在和意识"。

铃木：还读了其他书吗？

坂本：存在论在西方哲学中从早期就一直存在，像"存在是什么"之类的问题。其中第一个建立体系的是亚里士多德，所以我也在读《形而上学》[22]。

铃木：也会读那本书啊。

坂本：听起来难度很高，对吧。

铃木：听起来有点麻烦的样子。

坂本：开始读之后，我发现很有意思，能很顺畅地读下去哟。

铃木：是吗？

坂本：然后，我想下一步可能会读康德的书，也开始读了。生日之后，我也重新开始读埴谷雄高的作品了。

铃木：所以会去读《不合理故我信》吗？

坂本：也不仅仅是那本，我还想读《死灵》的第5卷和第9卷。全集放在纽约家里了，所以我在东京这边又买了哟。现在我有很多想要读的书，还有从夏目漱石、森鸥外的书发散出去的阅读，真是乱七八糟。（笑）

铃木：您会同时读很多本书吧？

坂本：当然了。所以，有很多书我都还没读完。

铃木：集中精力读完一本书呢？

坂本：从以前开始我就尝试过，但很难做到。我会同时阅读很多本书，虽然还没读完；有时候我会把书放回书架上，然后又拿出来，或者调换书架上的书的顺序。兴趣也在不断变化，新书也在不断增加……

铃木：买新书也是因为买了就有种安心感，买完之后有时会放一放吧。

坂本：没错。我也是堆书派的人哟。

铃木：现在就来回阅读这些书吗?

坂本：读森鸥外的书,然后又回到读荷风的书,中途又读庄子和老子的书,或者埴谷雄高的作品。我真的是在这些书之间来来回回。

铃木：顺便问一下,现在您每天的阅读时间大约有多少?

坂本：两三个小时吧。还得分配时间给我想看的电影和电视剧,还有想听的音乐。真的很忙。（笑）

铃木正文：编辑、记者。在担任广告制作公司的制片助手、海运造船行业报纸记者等职后加入二玄社。历任 *NAVI*（二玄社）、*ENGINE*（新潮社）、*GQ JAPAN*（康泰纳仕日本）等杂志的总编,2022年独立。著作有《○×圈叉》（二玄社）、《跑吧!横轮》（小学馆文库）、《铃木先生的生活与意见》（新潮社）等。在坂本龙一的两本自传《音乐即自由》和《我还能看到多少次满月升起》（新潮社）中,担任采访者。

1. 对森鸥外的悼文《鸥外先生》首次发表于1909年的《中央公论 第二十四年第九号》。2019年，中公文库以文库原创编辑形式出版，收录了《鸥外先生》以及关于向岛、玉之井、浅草等地的文章和自传性作品等。卷末附有谷崎润一郎、正宗白鸟的批评。

2. 1909年在杂志《昴》上发表。主人公记录自己从6岁到25岁结婚期间的性生活的自传体小说。大胆的描写成为话题，出版一个月后被禁止发行。

3. 1952年发表，威廉·S.巴勒斯的首部小说，描绘极限状态下的肉体与精神所处的非法世界，也可以说是巴勒斯作为药物常用者的自传性告白。

4. 柄谷行人，1941年出生，批评家、思想家。1969年，其评论《"意识"与"自然"——漱石试论》获得第十二届群像新人文学奖。2022年获得博古睿哲学与文化奖、朝日奖。其著作被翻译成多种语言。此外，他还出版了杂志《批评空间》，指导"新联合主义运动"（New Associationist Movement，NAM）等。

5. 1932年出生（1999年逝世），批评家。1956年，在庆应义塾大学就读期间发表论文《夏目漱石》，从而受到关注。主要著作包括1961年的《小林秀雄》（新潮社文学奖）、1970年的《漱石与他的时代（第一部、第二部）》（菊池宽奖、野间文艺奖）等。1976年获得日本艺术院奖。

6. 俄国革命（1917—1923年）后，在大学和以往的中学/高中出现了组织研究社会主义（马克思主义）的研究社团"社会科学研究会"（社研）。在新宿高中的前身东京府立第六中学校也设有相关组织，坂本在校期间称为"社会科学研究部"，以此开展社团活动。

7. 1955年至20世纪70年代，持续反对在日美军立川机场（立川基地）的扩建计划的居民运动。1957年，有25名学生和工人被逮捕、起诉，但后来全部被判无罪。1968年12月，政府宣布取消跑道扩建计划。次年11月决定从立川基地撤出美军部队。

8. 1909年出生（1997年逝世），战后文坛的代表作家之一。1931年加入日本共产党，次年被逮捕。1945年参与创办杂志《近代文学》。主要著作包括1970年的《黑暗中的黑马》（谷崎润一郎奖）、1976年的《死灵》（日本文学大奖）等。

9. 1960年出版（现代思潮社）。从与想要创作一部能与埃德加·爱伦·坡的《莫斯肯漩涡沉浮记》匹敌的小说的花田清辉的对话中诞生的短篇集，共收录5篇文章。

10. 简洁地表达生活和日常生活中事物的真谛的话语或文章，日语中称为"格言""金言""箴言"或"警句"。最著名的例子之一是古希腊医学家希波克拉底的"艺术千秋，人生朝露"。

11. 于杂志《近代文学》从1946年1月号到1949年11月号连载至第4章，因作者疗养而中断。1975年在杂志《群像》上恢复连载。1976年，收录了第1章至第5章的《定本 死灵》获得日本文学大奖。这部未完成的巨作历时约50年，一直写至第9章。

12. 1890年在杂志《国民之友》上发表，森鸥外的第一部小说。以精英官僚丰太郎为主人公，叙述他在留学地柏林与贫穷但美丽的舞女爱丽丝共度的日子，故事以回忆录的形式展开。

13. 从1892年直到1922年去世期间，森鸥外与家人居住的家。北原白秋、石川啄木、斋藤茂吉等人参加的鸥外主办的歌会"观潮楼歌会"的举办场所也在这里。1945年，房屋因战争而全焚。2012年，为了纪念森鸥外诞辰150周年，在原址上开设了文京区立森鸥外纪念馆。

14. 1910年，由永井荷风担任编辑主干，以庆应义塾大学文学部为中心创刊的杂志。既有森鸥外、谷崎润一郎、芥川龙之介等当时已成名的作家参与其中，也涌现出久保田万太郎、佐藤春夫、原民喜、加藤道夫、远藤周作等众多杰出人才。现今该杂志每年发行四次。

15. 1916年1月至5月间于《东京日日新闻》和《大阪每日新闻》上连载的小说。日本青森县弘前的医官兼考证学者涩江抽斋的历史传记小说。小说详细调查了抽斋的行迹、朋友、兴趣、性格和家庭生活，描绘了抽斋的一生。作品中也叙述了写作过程。

16. 1912年至1913年间在《朝日新闻》上连载的长篇小说，1914年出版（大仓书店），全4篇，是夏目漱石继《彼岸过迄》之后，与《心》相接的晚期三部曲中的第二部作品。

17. 1908年9月至12月间在《朝日新闻》上连载的长篇小说，1909年出版（春阳堂），是夏目漱石在《从此之后》《门》之前创作的前期三部曲的第一部作品。

18. 1914年4月至8月间作为"心 老师的遗书"在《朝日新闻》上连载的长篇小说。同年9月，由岩波书店出版，漱石亲自设计封面，以自费出版的形式刊行。这是当时主要经营旧书销售的岩波书店作为出版社首次出版的小说。

19. 1906年在杂志《新小说》上发表，次年收录于春阳堂出版的《鹑笼》中。在完成《我是猫》的手稿10天后开始着手写作，大约两周完成。

20. 1925年出生（1970年逝世），作家，1949年以长篇小说《假面的告白》在文坛出道。此外于1954年发表《潮骚》（新潮社文学奖）、1956年发表《金阁寺》（读卖文学奖）、1965年发表《萨德侯爵夫人》（艺术节奖）等作品。其著作被翻译成世界各国的语言。同时也以练习剑道、出演电影、练习健美等多种尝试而知名。
21. 公元2—3世纪僧人龙树所著的佛教史上最重要的理论书之一。与《十二门论》《百论》齐名,为"三论"之一。这本书逻辑性地解析了"空的思想",即所有存在物都没有实质(自性)的观点。
22. 古希腊哲学家亚里士多德(公元前384—公元前322)的著作。他将思考、精神等无形的事物视为真实存在,并探求存在的根本原理的学问"形而上学",此后对西方哲学产生了数千百年的影响。

坂本龙一年表

年表（生平）

1952年　出生于东京都中野区。

1955年　入学"东京友之会世田谷幼儿生活团"。初次接触钢琴与作曲。

1958年　入学港区区立神应小学，向德山寿子学习钢琴。

1959年　搬家至世田谷区乌山，转学到世田谷区区立祖师谷小学。

1962年　向松本民之助学习作曲。

1964年　入学世田谷区区立千岁初中。

1967年　入学东京都立新宿高中。

1969年　参加占领东大安田讲堂等多场示威游行。在新宿高中带领同学罢课。

1970年　入学东京艺术大学音乐学院作曲系。发放抗议武满彻的传单，与武满本人相识。

1973年　参加三善晃的作曲课程。

1974年　就读硕士课程。

1975年　结识细野晴臣。次年开始正式从事录音室音乐人、编曲家工作。

1977年　东京艺术大学硕士毕业。与山下达郎一同在日比谷野外音乐堂演出。在会场结识高桥幸宏。

1978年　2月，组成YMO。10月，发行首张个人专辑 *Thousand Knives*。专辑名称来源于亨利·米肖《悲惨奇迹（法语版）》开头的一节。

1980年　9月，发行个人专辑 *B-2 Unit*。

1981年　10月，发行个人专辑《左腕之梦》。

1982年　10月，与大森庄藏合著的《观看声音，倾听时间：哲学讲义》出版。

1983年　5月，电影《圣诞快乐，劳伦斯先生》（导演：大岛渚）入围戛纳国际电影节，同时发行电影原声带 *Merry Christmas Mr. Lawrence*。12月，YMO解散。

1984年　10月，发行个人专辑《音乐图鉴》。创立出版社"本本堂"，出版与高桥悠治合著的《长电话》等书。

1985年　10月，发行专辑 *Esperanto*。11月，与村上龙合著的《EV. Café 超进化论》出版。

1986年　1月，与吉本隆明合著的《音乐机械论》出版。4月，发行个人专辑《未来派野郎》。作为演员参与电影《末代皇帝》（导演：贝纳尔多·贝托鲁奇）的拍摄，后负责该电影原声音乐制作。

1987年	7月，发行个人专辑 Neo Geo。11月，电影《末代皇帝》上映。
1988年	1月，电影《末代皇帝》于日本上映，发行电影原声带。该作品获得了包括奥斯卡最佳原创配乐奖、洛杉矶影评人协会最佳配乐奖、金球奖最佳配乐奖、格莱美奖最佳影视音乐奖在内的多项大奖。
1989年	10月，出版著作《Seldom-Illegal/时而，非法》。11月，发行个人专辑 Beauty。
1990年	移居纽约。12月，电影《遮蔽的天空》（导演：贝纳尔多·贝托鲁奇）原声带发行。
1991年	1月，凭借《遮蔽的天空》再次获得金球奖最佳配乐奖。10月，发行个人专辑 Heartbeat。
1992年	7月，负责巴塞罗那奥运会开幕式的表演项目配乐。同月，电影《情迷高跟鞋》（导演：佩德罗·阿莫多瓦）原声带发行。8月，与村上龙合著的《朋友，再相逢》出版。
1993年	2月，YMO宣布重组，并在5月发行专辑。
1994年	4月，电影《小活佛》（导演：贝纳尔多·贝托鲁奇）原声带发行。6月，发行个人专辑 Sweet Revenge。
1995年	10月，发行个人专辑 Smoochy。
1996年	3月，与村上龙合著的《莫妮卡：音乐家的梦、

	小说家的故事》出版。5月,发行钢琴三重奏专辑《1996》。
1997年	7月,发行专辑*Discord*。制作电影《情迷画色》(导演:约翰·梅布里)配乐。
1998年	8月,电影《蛇眼》(导演:布莱恩·德帕尔玛)原声带发行。11月,发行个人专辑*BTTB*。
1999年	5月,发行收录了*Energy Flow*在内的加长版单曲专辑*Ura BTTB*。9月,创作的歌剧*Life*上演。12月,个人专辑*BTTB*在海外发行。
2000年	举办大规模海外巡回演出"BTTB World Tour 2000"。
2001年	1月,与莫雷伦堡夫妇合作,以"Morelenbaum2/Sakamoto"的名义制作专辑*CASA*,并于7月发行。12月,受到美国"9·11"事件影响出版文集《非战》。
2002年	3月,收录电影《奇迹泉》(导演:本桥成一)、《德里达》(导演:柯比·迪克、埃米·Z.考夫曼)原声音乐的专辑*Minha Vida Como Um Filme*(*My Life As a Film*)发行。制作电影《蛇蝎美人》(导演:布莱恩·德帕尔玛)原声音乐。8月,因"Morelenbaum2/Sakamoto"的活动等获得认可,荣获巴西国家勋章。9月,父亲坂本一龟逝世。

2003年	7月，以"Morelenbaum2/Sakamoto"的名义发行专辑*A Day in New York*。10月，与大卫·西尔文合作发行*World Citizen*。
2004年	2月，发行个人专辑*Chasm*。11月，发行钢琴专辑《/04》。
2005年	3月，与阿尔瓦·诺托合作发行专辑*Insen*。9月，发行钢琴专辑《/05》。12月，举办日本国内巡演"Playing the Piano/05"。
2006年	5月，与阿尔瓦·诺托合作发行迷你专辑*Revep*。11月，旨在创造"音乐的共享之地"，成立全新音乐厂牌"Commmons"。
2007年	3月，与克里斯蒂安·芬奈斯合作发行专辑*Cendre*。与高谷史郎共同制作装置艺术作品《生命-流动，不可见，不可闻……》。7月，为保育森林，成立一般社团法人"More Trees"。
2008年	开始发行音乐全集*Commmons: Schola*系列专辑。
2009年	2月，出版《音乐即自由》。3月，发行个人专辑*Out of Noise*。7月，获得法国政府授予的艺术与文学军官勋章。
2010年	1月，母亲坂本敬子逝世。3月，获得日本文化厅艺术选奖文部科学大臣奖（大众艺能部门）。5月，与中沢新一合著的《绳文圣地巡礼》出版。11月，与大贯妙子合作发行专辑*UTAU*。12

	月，与高谷史郎合著的 *Life-Text* 出版。
2011年	3月11日，在电影《一命》（导演：三池崇史）原声音乐的录制过程中，发生了"3·11"东日本大地震。4月，启动灾区支援项目"LIFE311"、参与型灾区支援项目"kizunaworld.org"，以及与乐器相关的复兴支援"儿童音乐再生基金"。5月，与阿尔瓦·诺托合作发行专辑 *Summvs*。8月，以"坂本龙一+编辑团队"的名义出版《此刻想读的书——"3·11"事件之后的日本》。与克里斯蒂安·芬奈斯以"Fennesz+Sakamoto"的名义发行专辑 *Flumina*。
2012年	1月17日，迎来60岁"还历"大寿。7月，以"坂本龙一+编辑团队"的名义出版《No Nukes 2012：我们的未来指南》。与克里斯托弗·威利茨以"Willits+Sakamoto"的名义发行专辑 *Ancient Future*。10月起，担任东京都现代美术馆展览"艺术与音乐——追求新共感"的总顾问。发行三重奏阵容的自我翻录专辑 *Three*。11月，获得亚太电影奖国际电影制片人协会奖。同月，与竹村真一合著的《聆听地球：围绕"3·11"东日本大地震的对话》出版。
2013年	获得加州大学伯克利分校颁发的"伯克利日

本奖"。7月，与泰勒·德普雷以"Ryuichi Sakamoto＋Taylor Deupree"的名义发行专辑 *Disappearance*。8月，担任威尼斯国际电影节主竞赛单元评委。担任日本山口媒体艺术中心（YCAM）10周年纪念庆典的艺术总监。

2014年　1月，与铃木邦男合著的《爱国者的忧郁》出版。6月，被诊断出罹患口咽癌。7月，担任"札幌国际艺术节2014"的客座导演。

2015年　2月，因疗养逗留夏威夷，同时制作电影《如果和母亲一起生活》（导演：山田洋次）和《荒野猎人》（导演：亚利桑德罗·冈萨雷斯·伊纳里图）的原声音乐。

2016年　3月，担任代表与音乐总监的日本东北青年管弦乐团举行首次演出。9月，担任原声音乐创作的电影《怒》（导演：李相日）上映，获得万宝龙国际艺术赞助大奖。

2017年　3月，发行个人原创专辑 *Async*。4月，在东京和多利美术馆举办"坂本龙一丨装置音乐展"。9月，以自身为主题的纪录片《坂本龙一：终曲》（导演：史蒂芬·野村·斯奇博）在威尼斯国际电影节上映。

2018年　2月，担任柏林国际电影节主竞赛单元评委。5月，在首尔"Piknic"举办展览"Ryuichi

Sakamoto Exhibition: Life, Life"。6月，担任原声音乐创作的电影《南汉山城》（导演：黄东赫）在日本上映。10月，担任原声音乐创作的动画电影《你好，霸王龙》在釜山国际电影节上举行全球首映。

2019年　2月，为李禹焕在法国蓬皮杜梅斯中心举办的个展"Inhabiting Time"创作会场音乐。7月，担任原声音乐创作的电影《你的脸》（导演：蔡明亮）获得台北电影节最佳原创音乐奖。11月，担任原声音乐创作的电影《比邻星》（导演：艾丽斯·威诺古尔）在法国上映。

2020年　3月，发布艺术套盒 *Ryuichi Sakamoto 2019*。为电影《杨之后》（导演：郭共达）创作原创主题曲。为短片电影《踉跄女孩》（导演：卢卡·瓜达尼诺）制作配乐。6月，被诊断出罹患直肠癌。12月，发现癌细胞扩散到肝脏。

2021年　1月，接受了长达20小时的外科手术。3月，发布艺术套盒《2020S》，放入自己绘制并打碎的"陶片物件"。在北京的美术馆"木木美术馆"举办大型展览"坂本龙一：观音·听时 | Ryuichi Sakamoto: Seeing Sound, Hearing Time"。6月，与高谷史郎合作的剧场作品《时间》在本人担任联合艺术家的荷兰音乐节上全

球首演。8月，担任原声音乐创作的电影《厄运假期》（导演：费迪南多·西托·菲洛马里诺）在网飞（Netflix）上播出。9月，担任原声音乐创作的电影《水俣病》（导演：安德鲁·莱维塔斯）在日本上映。

2022年　1月17日，迎来古稀之年。3月，为自身担任代表与音乐总监的日本东北青年管弦乐团创作的新曲《此刻时间在倾斜》首演。4月，在俄军入侵乌克兰的背景下，为居住在基辅的小提琴家伊利亚·邦达连科创作乐曲 Piece for Illia。作为"蠢蛋一族"成员，参与该团体在威尼斯双年展日本馆及德国慕尼黑"艺术之家"举办的展览。7月，担任原创主题音乐创作的电影《第一炉香》（导演：许鞍华）获得香港电影金像奖最佳原创电影音乐奖。

2023年　1月，发行个人原创专辑《12》。3月28日，逝世，享年71岁。6月，提供原声音乐的电影《怪物》（导演：是枝裕和）在日本上映。MR（混合现实技术）作品 KAGAMI 在纽约和曼彻斯特上演。出版《我还能看到多少次满月升起》。8月，在中国成都的"木木美术馆"举办最大规模展览"坂本龙一：一音，一时"。9月，收集其生前部分爱读书籍的图书空间"坂本图书"面向公众开放。

后 记

吉田纯子

跨越一切藩篱的好奇心

当我尝试书写关于坂本先生的事时，各种人的话语便在我脑海中纷沓而至。

比如，三善晃在采访中分享的这段话。

当我沉浸在一首曲子中时，我有时会感觉自己仿佛要被那首曲子压垮。在生存与死亡的边缘持续创作，直到在五线谱上画上最后的两条竖线时，作品击溃了我而展翅高飞。

（2008年10月14日《朝日新闻》夕刊文章《弹奏三善晃的步伐》）

比如，吉增刚造想象着乔纳斯·梅卡斯时所写的这些话。

创作诗歌或艺术行为，并不是以"我"为主角。

（讲谈社现代新书《诗到底是什么》）

艺术，不能被任何人占有。然而，每个人都可以自由地把它当成自己的东西。

我也再次深思，或许坂本先生毕生追求的"自由"的本质，正存在于这看似矛盾的真理之中。

"艺术千秋，人生朝露"。坂本先生将这

句话留赠于世人,离开了这个世界。于是,坂本先生的音乐摆脱了短暂的躯体,获得了新的"生命",以迎接未来的听众。

作为一名新闻记者,我对各种艺术领域做过探访,毫不夸张地说,我在很多地方都看到了坂本先生曾经到访的痕迹。这些本不可能会相遇的人,似乎都以坂本先生为中心而串联起来。至少在这个世界上,对坂本先生来说,没有所谓"他人"。

他不仅仅是对核电和自然破坏说"不!",还自发地积极行动,而他背后的动力,不单是简单的善意,更有一种迫切的感觉——是自然让他能够创作音乐作品的,而他自己就是"当事人"。不用说,坂本先生所爱的钢琴也是由木头制成的。水、大气、野生动物们,都培养了他内心向世界释放"声音"的土壤。这些联想,又或者说"循环"的想象,也应该在坂本先生的潜意识中占有着一席之地。

能够用直觉去把握世界本质的人,拥有对自己的潜意识极为谦虚且敏感的天线。可以说,像塔可夫斯基和武满彻这样的人，就是这类人的代表。在超越语言的世界里，他们能够与他人建立连接。我认为坂本先生非常仰慕这样的人，也强烈希望自己能成为他们中的一员。

也许对坂本先生来说，他自己是一个极其不起眼的"凡人"，就像彼得·谢弗在《莫扎特传》中描绘的萨利埃利那样。然而，当发现新的才华之时，坂本先生的"憧憬"量表开始剧烈摆动，这种冲动远远超越了嫉妒之类的负面情绪。他想要了解那个人所创造的一切，他想要见到那个人。像这样，好奇的漫反射使得所有的藩篱变成了毫无意义的东西。

而如此这般地，巴赫成了坂本先生最仰慕的人之一。小时候弹钢琴时，他就曾怀疑为什么总是右手演奏旋律，而左手总是伴奏。或许也因为他本人是左撇子，但他似乎天生就不愿意简单地顺从现有的系统。

坂本先生遇到了巴赫，并感到惊奇。两手的每根指头都能担负起旋律的演奏，有时交替传递着一个旋律来推进演奏，最终自然而然地构建起了和声。当少年时期的坂本龙一知道有这样一种音乐，它摆脱了右手与左手、旋律与和声这些传统角色的分工时，可能他的潜意识中便首次刻下了关于"自由"本质的印记。

在形成对坂本先生的身份认同的过程中，我还想提到另外一个给予他深远影响的人，那就是德彪西。德彪西引发了唤起色彩感觉的和声革命，他在1889年的巴黎世博会上接触到了印度尼西亚的甘美兰音乐。这些不按西洋系统调律的键盘打击乐器和铜锣所奏出的波动之音，余音绕梁。在坂本先生创作的电影《圣诞快乐，劳伦斯先生》的主题曲中，我们也像是眺望远景般地能听到这种甘美兰音乐的音色。

还有一个人。坂本先生在东京艺术大学作曲系就读时期，深深憧憬的是民俗音乐学家小泉文夫。坂本先生后来坦承，当时的古典音乐界权威主义的氛围让他感到难以忍受。在那样的艺术大学里，有一个遭到大家白眼的"怪人"，他愿意走进丛林深处收集自然之声，多次潜入池塘录制青蛙的叫声。他像手持捕虫网的少年一样痴迷地追逐着音乐被精致打造之前的"声音"——这一身姿引导出了后来坂本先生的豁达："我们所知的音乐，不过是一小部分而已。"

为什么这些人能活出这样的人生呢？坂本先生一心憧憬着那些能向他展示未知世界的人，并毫无保留地、全力以赴地追随他们。

坂本先生如此憧憬的人们，又是如何丰富了他的人生呢？这本书可以说是一部纪录片，由坂本先生亲手描绘，让我们一窥这一过程的端倪。

通过八大山人想到白南准，通过中上健次看到爵士乐的本质。在逻辑上似乎没有任何"联系"的人们的真实生活面貌之中，坂本先生通过敏锐的感性找到了其中的某种"连续性"，并在这种"连续性"中寻找通往某种真理的线索。就像一个在暑假里寻找新种类昆虫的少年那样，满腔兴奋。在坂本先生通畅的文笔之中，各种"发现"得以连缀起来，读起来就能感受到其中的欢欣雀跃。

不被任何人束缚，也不从属于任何人。真正

的"自由"栖息之地——此刻,坂本先生的灵魂与他所憧憬的那些人一起,存在于此。

从现在起,轮到我们在坂本先生的音乐和文字的引领之下,重新邂逅聚集在艺术乌托邦中的人们的"童心"。

最后,坂本先生想要在这个世界上留下这样一个"邂逅"的场所。

2023年秋天,东京下町的一角开放的"坂本图书"里,悠闲地陈列着坂本先生的部分藏书。推开沉重的铁门,走进去,各种书的气味扑面而来。新书、旧书,小说、画册、哲学书,啊,原来书也各有各的"人格"啊——我不禁产生了这样奇怪的感叹。"嘿,欢迎你。"好像是坂本先生有点害羞地笑着,邀请着初次见面的我走进他私人的内心世界那样。"真的可以吗?"我犹豫着迈出了第一步——在那个空间里,充满了坂本先生的"存在",让我有如此想象。

在那个图书空间里,10个人进入就会满室,所以暂时实行一位客人停留3小时的轮换制。而3

小时，正好是一场现场演出的时长。在这3小时里，我们在葡萄酒和咖啡的香气的引导之下，自由地、主动地游走于坂本先生的大脑之内。运气好的话，或许会突然邂逅坂本先生五彩缤纷的笔记，也许它们是发起即兴演奏邀请的信号。

与坂本先生一起，成为世界的"循环"的一部分的我们，已不再是"他人"。

在这里，我再一次感到，坂本先生所追求的和平，或许只存在于如此珍贵的所有"个体"相连的彼方。

吉田纯子：《朝日新闻》编辑委员。出生于和歌山县。1993年毕业于东京艺术大学音乐学院乐理系，1996年完成同大学音乐研究院（西洋音乐史）的硕士课程。先后担任过伴奏钢琴家、键盘手、音乐作家，1997年加入朝日新闻社。曾在仙台分社、整理部、广告局广告第四部（负责金融行业）等部门工作后任现职。目前连载专栏《周日所思》。

本书是以2018年到2022年期间，在赫斯特妇人画报社《妇人画报》上连载的《坂本图书　第1回至第36回》为基础，进行部分增补与更新后再编辑而成的。

本书中的坂本龙一生平部分，是基于坂本龙一的文献和各种书籍［《我还能看到多少次满月升起》（新潮社）、《音乐即自由》（新潮社）的附录年表、《坂本龙一——音乐的历史　特装版　唱片目录》（小学馆）等］，进行部分增补与摘录整理而成的。

摄影　Neo Sora（空音央）：电影导演、翻译家、艺术家。从事短片电影、纪录片、PV、演奏会电影等的导演、摄影和制作。其短片电影《The Chicken·鸡》（2020年）在洛迦诺国际电影节上世界首映。

编撰　伊藤综研：编辑、策划人。活动领域广泛，涉及杂志、书籍、影像、网络、广告、空间设计等。著作有《健康音乐》《装置音乐》（均由Commmons出版），以及《坂本龙一语汇2011年—2017年》（KADOKAWA）等。

坂本図書
SAKAMOTO LIBRARY
Copyright © 2023 KAB America Inc.
Chinese translation rights in simplified characters arranged with Sakamoto Library
through Japan UNI Agency, Inc., Tokyo

© 中南博集天卷文化传媒有限公司。本书版权受法律保护。未经权利人许可，任何人不得以任何方式使用本书包括正文、插图、封面、版式等任何部分内容，违者将受到法律制裁。

著作权合同登记号：字18-2024-045

图书在版编目（CIP）数据

阅读不息/（日）坂本龙一著；白荷译. -- 长沙：
湖南文艺出版社，2024.11
ISBN 978-7-5726-1881-9

Ⅰ. ①阅… Ⅱ. ①坂… ②白… Ⅲ. ①散文集－日本－现代 Ⅳ. ①I313.65

中国国家版本馆 CIP 数据核字（2024）第 105514 号

上架建议：文学

YUEDU BUXI
阅读不息

原　　著：	坂本図書
著　　者：	坂本龙一
编　　撰：	伊藤综研
摄　　影：	Neo Sora
监　　修：	空里香（Kab Inc.）
译　　者：	白　荷
出 版 人：	陈新文
责任编辑：	张子霏
监　　制：	于向勇
策划编辑：	王远哲　王子超
文字编辑：	郑　荃
营销编辑：	陈睿文　秋　天　黄璐璐　时宇飞
版权支持：	金　哲　辛　艳
封面设计：	别境 Lab
版式设计：	鹿　食
内文排版：	谢　彬
出　　版：	湖南文艺出版社 （长沙市雨花区东二环一段 508 号　邮编：410014）
网　　址：	www.hnwy.net
印　　刷：	北京中科印刷有限公司
经　　销：	新华书店
开　　本：	815 mm × 1120 mm　1/32
字　　数：	159 千字
印　　张：	11.5
版　　次：	2024 年 11 月第 1 版
印　　次：	2024 年 11 月第 1 次印刷
书　　号：	ISBN 978-7-5726-1881-9
定　　价：	69.00 元

若有质量问题，请致电质量监督电话：010-59096394
团购电话：010-59320018